MANVIRAVERLAG

Die perfekte Frau …

Über den Autor

Norbert Löffler ist Jahrgang 1960. Er ist verheiratet und hat drei Kinder. Löffler schreibt seit über 30 Jahren Gedichte, Kurzgeschichten, Romane und vieles mehr. Er lebt und arbeitet in Leverkusen. Bereits erschienen:

„Madita und die Blutblumen / Der Tänzer“
„ENDLOS“
„Die geheimnisvolle Schachtel“
„274“
„Die Rückseite der Nacht“
„Der Attentäter“
„Katja und die Hochhausblüten“
„Das Geheimnis um Alva“
„Kinderreime“
„Blutmorde“ (Der Engel von Stouby / Der Poet)

Weitere Leseproben finden Sie unter der Homepage:
www.nolo-home.de

Manviraverlag
„Die perfekte Frau“

Umschlaggestaltung, Layout: Raimund Löffler
Umschlagbild: Raimund Löffler
Foto/Model: Kim Schilling
Lektorat: Nanima - Nadine Senger

Besuchen Sie uns im Internet:
www.manviraverlag.de

Besondere Widmung:

Diese Geschichte widme ich Nadine … (Du hast sie ausgesucht …) Vom Sie zum Du, von der Lektorin zur Freundin, ich bin unendlich dankbar … Mehr als eine rein geistige Verbindung. Ohne sie wäre diese Story vielleicht niemals an den Start gegangen. DANKE, Nadine!

Inhalt:

Jacob, der mit über 40 Jahren noch im Hause seiner dominanten Mutter Amalia lebt und der bislang keine Erfahrungen mit Frauen gesammelt hat, schmiedet mit seiner Mutter einen perfiden Plan, um die perfekte Frau für ihn zu finden. Formbar muss sie sein, am besten im Übergang einer Jugendlichen zur Frau, die Phase, in der er und seine Mutter sie zurechtbiegen können wie es ihnen passt. Doch diese „Frauen" kommen nicht freiwillig in ihr Haus, sie werden ausgewählt, beobachtet und brutal entführt – in den eigens hierfür umgebauten Keller der beiden. Passt eine von ihnen nicht in ihr Beuteschema und entpuppt sich als Fehlgriff, wird sie „entsorgt" – mit bestialischen und blutigen Methoden. Bis eines Tages Chiara kommt und den Spieß einfach umdreht …

Die perfekte Frau

Gegenwart: Oktober 2010

Es ist nicht so einfach, eine Kinderleiche zu entsorgen. Jedenfalls nicht, wenn man nicht möchte, dass sie jemals wiedergefunden wird. Säure scheint sicher, aber die Beschaffung verschiedener Substanzen ist nicht so einfach und es bleiben immer noch Knochenreste übrig. Verbrennen wäre eine Methode, aber dazu braucht man immer noch den geeigneten Ort und man muss wissen, wohin mit der Asche und den anderen Resten.
Jacob stellte sich diese Frage oft und er rätselte, wie er es am besten anstellen könnte, ohne allzu großen Aufwand betreiben zu müssen. Er hatte schon einiges probiert, hatte es sogar mit Zerstückeln versucht, um dann die Einzelteile gefahrlos zu entsorgen, aber auch das war mit großem Risiko verbunden. Nun saß er da und schmollte. Seine Mutter hantierte in der Küche und er sah ihr zu, ohne sie wirklich zu bemerken. Er war in Gedanken versunken. Bald war es wieder soweit und diesmal musste er endlich eine Lösung für das Problem finden, ohne sie beide zu gefährden. Sich und seine Mutter. Sie machte es sich leicht, sie zuckte immer nur mit den Schultern und meinte, es wäre egal. Einfach

vergraben. Am besten im Garten. Aber sie war ja auch alt, ihr würde nicht mehr so viel passieren. Er, Jacob, hatte keine Lust für immer ins Gefängnis zu wandern.
Er ging in Gedanken alle ihm bekannten Möglichkeiten durch, aber er fand überall den berühmten Haken an der Sache. NICHTS war perfekt. Wütend und frustriert stand er auf, ging an seiner Mutter vorbei, die sich nicht beeindrucken ließ und einfach weiter ihrer Beschäftigung nachging und schloss sich im Badezimmer ein. Er brauchte Ruhe, um nachdenken zu können. Er wollte alleine sein. Der Anblick seiner Mutter störte ihn in letzter Zeit immer öfter. So konnte er nicht denken.
Jacob nahm sich eine Handvoll Wasser und spritzte es sich ins Gesicht, dann besah er sich im Spiegel. Er war zweiundvierzig Jahre alt. Es wurde langsam Zeit. Seine Haare fielen aus, er hatte schon ein kahles Stück am Kopf. Seine goldgeränderte Brille hatte er neben das Waschbecken gelegt, sodass er nun blinzeln musste, um mehr zu erkennen. Er war nicht hässlich, - so sagte er sich jedenfalls, er war ein Mann in bestem Alter. Er wirkte seriös, er war schlank, sportlich, ein durchschnittlich aussehender Mann eben und er hatte ein regelmäßiges Einkommen als Postzusteller. Morgens stand er früh auf, fuhr zur Arbeit, teile dann in seinem Bezirk die Post aus und war meist gegen 14 Uhr wieder zu Hause. Perfekt für das, was er nebenbei machte. Perfekt für sein Hobby und seine Leidenschaft. Es war in allen Bereichen perfekt. Irgendwann musste es ihm doch gelingen, die perfekte Frau zu bekommen. Bisher war er immer wieder gescheitert. Immer wieder klappte etwas nicht, gab es etwas auszusetzen und wenn er der Meinung war, es wäre soweit, dann hatte seine Mutter immer das letzte Wort und entdeckte den einen oder anderen Fehler und er musste wieder ganz von vorne beginnen. Immer wieder neu, immer wieder ganz am Anfang anfangen. Es war langsam ermüdend und er hatte nicht mehr viel Zeit. Er war halt zweiundvierzig, viel Zeit blieb ihm also nicht. Und wenn seine Mutter, die ja immerhin schon zweiundsiebzig war, einmal nicht mehr leben würde, dann BRAUCHTE er diese perfekte Frau. Also begann nun neben der schweren Aufgabe auch der Kampf gegen die Zeit. Der Kampf gegen die Natur. Es war schon eine harte Aufgabe, der er sich da angenommen hatte.
Jacob drehte das Wasser ab, setzte sich auf die geschlossene Toilette, der Deckel knarrte und er seufzte. Er wollte es diesmal gar nicht so recht. Diesmal war es fast perfekt, doch seine Mutter meinte, es ginge gar nicht. Mit ihr jedenfalls nicht und er solle sich etwas einfallen lassen. Doch WAS? Immer wieder das Gleiche und irgendwie hatte er auch keine Lust mehr, ständig von vorne zu beginnen. Allein die Arbeit, das Risiko dabei und irgendwie meinte er die ganzen vielen Seelen der Kinder zu spüren, als wohnten sie alle in ihm drin. Seine Mutter verstand das nicht. Sie hielt ihn dann immer für verrückt. Aber er, Jacob, er fühlte diese Kinder. Als würden sie einen Teil von sich immer in ihm zurücklassen und sie quälten ihn auch. Nachts in seinen Träumen, aber auch bei anderen Gelegenheiten. Oft wenn er gar nicht daran dachte, einfach bei der Arbeit. Er sah ein Kind und dann gab es einen Stich in seiner Brust, er dachte

dann an die eine oder andere und immer war dieser Stich der Erinnerung sehr schmerzhaft. Nun, er hatte neben Arbeit und endlosen Bemühungen ja auch immer ein Stück von sich selbst investiert. Gefühl. Ein Stück seiner Seele von sich gegeben. Seine Mutter sagte immer, er würde spinnen, aber er wusste nicht, wie er es anders ausdrücken sollte. Er gab stets ein Stück von sich selbst, gab es ab, unwiederbringlich, er investierte es in seine Arbeit, in sein Bemühen und wenn es dann misslang und er wieder töten musste, dann starb auch dieses Stück, das er investiert hatte. Es kam nie zurück und manchmal meinte Jacob, er hätte nicht mehr viel zu geben. Seine Seele war fast aufgebraucht und DAVOR hatte er Angst. Fast soviel wie vor seiner Mutter. Aber bei ihr war es eine andere Angst. Ganz anders als die Ängste, die er sonst so kannte. Irgendwie war er ja voll von diesen Ängsten, aber auch darüber konnte er mit seiner Mutter nicht reden. Sie meinte dann immer, es wäre ein Zeichen. Ein Zeichen dafür, dass er bald die perfekte Frau finden musste. Dass er sich noch mehr Mühe geben musste, dass er noch intensiver daran arbeiten sollte. Und wenn es wieder nicht gelang, davor hatte er auch Angst, dann war es die reale Angst, erwischt zu werden. Aber es ging ja nicht anders. Es musste doch sein. Mutter lebte nicht ewig. Doch er wollte keine Kopie seiner Mutter, er wollte nicht IHR Ebenbild erschaffen, er wollte eine Frau, die in JEDER Beziehung perfekt war. Und vor der er endlich einmal KEINE Angst zu haben brauchte.
Das Aussehen war ihm dabei fast egal. Es kam ihm auf das Wesen an. Das Innere. Das Benehmen, die Art zu SEIN, die Einstellung, da war es egal, ob sie blond oder braun war, dick oder dünn, groß oder klein. Es kam ihm einfach nur auf den Kern an. Und dieser musste geformt werden. Wie bei einem Kuchen, den man formte. Es war egal, wie er aussah, er musste ganz einfach nur schmecken. Ob der Guss nun rot oder grün war.
„Jacob!“, rief seine Mutter, er war zu lange im Bad gewesen und nun suchte sie nach ihm. Er brauchte ab und zu das Gefühl, alleine zu sein, er hasste es, wenn sie direkt nach ihm rief, wenn er mal einen Augenblick Ruhe wollte, aber er widersetzte sich natürlich nicht. Er beeilte sich aus dem Bad zu kommen, dann sah er sie an der Küchentüre stehen. Sie war klein, stämmig, hatte kurze, graue Locken und ständig eine Kittelschürze an. Sie wirkte wie eine kleine böse Kugel, die ständig hinter ihm herrollte.
„Ja?“, fragte er und sie schaute grimmig, fast böse und sagte:
„Meinst du nicht, es wird Zeit? Du wolltest noch etwas tun und je eher du es tust, umso besser ist es für uns alle. Sieh es doch endlich ein ...“
Jacob nickte.
„Sollen wir erst das Abendessen abwarten?“
Sie sagte nichts darauf. Sie verzog nur das Gesicht, dann wendete sie sich wieder ihrer Arbeit in der Küche zu. Es war klar, was sie von ihm erwartete. Mühsam, als hätte er das schwerste Los der Welt zu tragen, drehte er sich herum, dann ging er langsam die Stufen in den Keller hinunter.

Januar 1999

Er war nun einunddreißig, eigentlich kein besonderer Grund, den Geburtstag zu feiern. Dreißig oder fünfunddreißig, ja, das war etwas, aber einunddreißig? Nun, er hatte keine rechte Lust gehabt, aber an diesem Tag wurde eine ganz besondere Idee geboren.
Da er keinen Freundeskreis hatte, war er den ganzen Tag mit seiner Mutter Amalia zusammen gewesen. Er brauchte nicht zur Arbeit und hatte etwas länger geschlafen, seine Mutter hatte ihm ein kräftiges Frühstück gemacht, danach waren sie durch den verschneiten Park spaziert. Da es sein Geburtstag war, hatte sie ihn zum Mittagessen in ein Restaurant eingeladen und abends sollte es – nach nachmittäglichem Kaffee und Kuchen – sogar noch seine Leibspeise geben. Wiener Schnitzel mit Pommes. Jacob hatte einen schönen Tag mit seiner Mutter. Leider gab es keine anderen Gäste am Abend, so nahm wohl auch das Schicksal seinen Lauf.
Sie saßen gemeinsam nach dem Essen im Wohnzimmer und Jacobs Mutter legte sich satt und zufrieden zurück, als Jacob meinte:
„Es wäre schön, wenn ich eine Familie gründen könnte. Eine hübsche Frau, das würde mir gefallen."
Seine Mutter verzog das Gesicht
„Vom schönen Teller kann man nicht essen. Es kommt nicht darauf an, wie die Frau aussieht, sondern eher welches Wesen sie hat. Es müsste eine Frau sein, die dich versteht, die deine Bedürfnisse kennt, die einfach perfekt für dich ist."
„Es wird sich sicher schon eine finden ...", erwiderte Jacob lächelnd, er dachte nicht weiter darüber nach, es war nur eine Bemerkung gewesen, aber seine Mutter vertiefte sich:
„Du findest heute keine Frau mehr, die das richtige Benehmen hat. Die Dinger von heute sind alle zu vorlaut, haben Macken, zu selbstbewusst, denen fehlt einfach die richtige Einstellung."
Jacob hob erstaunt die Augenbrauen.
„Einstellung? Was meinst du damit? Etwa altmodische Ansichten?"

Nun wurde Amalia böse, als sie zischte:
„Das hat nichts mit Mode zu tun. Was ist schlecht daran, für einen Mann zu sorgen? Ich sorge ja auch für dich. Bin ich deswegen unterwürfig? Bin ich deswegen nichts wert? Eine Frau hat für einen Mann zu sorgen, hat für ihn da zu sein. Und wenn du eine Frau suchst, dann sollte sie PERFEKT für dich sein. Sie sollte dir deine Wünsche von den Augen ablesen können, nicht vorlaut sein, nicht widersprechen, DAS wäre eine Frau für dich, aber die gibt es nicht mehr, die wirst du auf der ganzen Welt nicht mehr finden. Die Frauen von heute achten nur auf sich selbst. Wollen Geld, wollen ein schönes Leben, wollen nur selber schön sein, um sich zu bestätigen. Aber der Mann? Der soll nur das Geld verdienen. So was will ich hier nicht sehen."
„Also werde ich nie eine Frau finden?", fragte Jacob etwas amüsiert, er nahm das Ganze immer noch nicht ernst.
„Doch, es gibt immer einen Weg. Aber man muss eben auch bereit sein, etwas dafür zu tun und vielleicht auch dafür zu riskieren!"
„Aha. Und was sollte ich riskieren? Dass ich mir eine ansteckende Krankheit hole?"
Sie winkte unwirsch ab.
„Unsinn. DAS meine ich bestimmt nicht. Aber denk doch einfach mal nach. Frauen werden nicht grundsätzlich als schlechte Menschen geboren. Sie entwickeln sich später dazu. Durch die Umwelt, die Gesellschaft, die Erziehung. Wenn du ein unbeflecktes und unschuldiges Mädchen hättest, ein Wesen, das du alleine formen könntest. Wäre das nicht mal zu überdenken?"
Er schaute seine Mutter an, schüttelte lächelnd den Kopf.
„Das kannst du nicht ernst meinen. Ich denke es ist spät, ich gehe lieber schlafen. Du solltest vielleicht auch auf andere Gedanken kommen ..."
Seine Mutter schaute ihn an, ihre Lippen waren zu einem hämischen Grinsen verzogen, aber sie sagte nichts mehr. Er stand auf, gab ihr einen Kuss auf den Mund, wobei er fast vor den kleinen, wie zu einem dünnen Strich gezogenen, bläulichen Lippen zurückzuckte, dann ging er in sein Kinderzimmer, das er bewohnte, seitdem er zurückdenken konnte.
„Denk drüber nach. Ich bin alt und ich sorge immer gut für dich. Irgendwann brauchst du eine Frau, die ebenfalls gut für dich sorgt. Eine Frau, die nur das Beste für dich will. Denk drüber nach ..."

Jacob fand aber keinen Schlaf. Seine Gedanken quälten ihn. Die Vorstellung ließ ihn nicht mehr los. Es gab dabei ja auch noch andere Varianten der Erziehung, er überdachte die sexuellen Aspekte und seine Erregung wuchs. Aber er durfte nicht selber Hand an sich legen. Heute nicht. Seine Mutter schwebte in seinen Gedanken und DAS konnte er nicht ertragen. Er versuchte an etwas anderes zu denken, versuchte sich abzulenken, aber immer wieder sah er gewisse Szenen vor sich und er wälzte sich unruhig und träumte schlecht.
Als er am nächsten Morgen aufstand, fuhr er missmutig und schlecht gelaunt zur Arbeit. Er dachte immer noch darüber nach, was seine Mutter zu ihm gesagt

hatte. Er dachte immer noch an diese gewissen Szenen, er dachte immer noch an die Möglichkeiten, die es gab. In Jacob keimte ein dunkler Samen zu einer bösartigen Pflanze. Der Anfang war gemacht.

Oktober 2010

Er ging die Treppen in den Keller hinab und besah sich dabei die Wände. Er hatte dies alles alleine gemacht. Die Isolierung. Die Spezialverkleidung. Diese brauchte er auch, um die Schreie nicht hörbar zu machen. Und es gab viele Schreie hier. Schreie der Verzweiflung, Schreie der Angst, Schreie des Schmerzes und Schreie um Hilfe. Diese Isolierung war notwendig. Und es war SEIN Werk gewesen, er hatte dies alles alleine geschaffen.

Unten öffnete er eine Stahltüre, die mit zwei Riegeln gesichert war, dann kam wieder ein kleiner Gang, der zu einer dick gepolsterten Holztüre führte. Als er diese nun aufdrückte, öffnete sich eine eigene neue Welt. Eine Welt, die er erschaffen hatte. Oben war er Jacob, der Sohn seiner Mutter. Hier unten war er GOTT. Es war ein berauschendes Gefühl, ein Gefühl der Macht, der Herrlichkeit und hier veränderte er sich auch, wurde zu einem ganz anderen Wesen. Hier war er nicht nur Jacob, der Sohn seiner Mutter, hier war er der Herr und Meister.

Der Raum vor ihm war hell, groß und freundlich eingerichtet. Es gab ein Sofa, Sessel, einen Tisch, ein TV-Gerät. Links in der Ecke stand ein Bett, daneben ein

Holzschrank. Jacob hatte auf der anderen Seite ein Waschbecken angebracht und in einer Nische stand eine Toilette mit angrenzender Duschkabine. Es wirkte wie in einem Hotelzimmer, nur dass es keine Fenster gab, störte die Atmosphäre ein wenig. An der Decke waren lange Weißlichtlampen und in den Ecken standen Stehlampen. Es gab sogar neben der Türe eine Art Spielbereich, dort lagen Puppen, Stofftiere und andere Dinge, die Kinder gern haben. Es wirkte gemütlich, wohnlich und wäre nicht der ängstliche Blick von Chiara auf Jacob gerichtet gewesen, hätte man meinen können, ein Vater würde seine Tochter in einem tollen Kinderzimmer besuchen.
Chiara war vierzehn Jahre alt, schmal, fast zierlich, sie hatte lange, schulterlange blonde Haare und ihre blauen Augen blitzten wie gebrochenes Eis, als sie Jacob ansah. Sie war zwar voller Angst, aber auch voller Trotz. Seit acht Monaten schon lebte sie als Gefangene in diesem Keller und sie hatte sich bisher standhaft geweigert, Jacobs Anweisungen zu befolgen. Sie hörte nicht, wenn er ihr befahl aufzuräumen, sie weigerte sich bestimmte Dinge zu essen, die Jacobs Mutter gekocht hatte, sie trat in Hungerstreik und sie ärgerte Jacob, indem sie sich ab und zu weigerte, überhaupt zu sprechen. Zu seiner Mutter hatte sie ein noch schlechteres Verhältnis, wenn sie mal in den Keller kam, dann weigerte sie sich sogar, diese auch nur zur Kenntnis zu nehmen. Da halfen nicht mal Prügel. Jacobs Mutter hatte es schon oft getan und auch Jacob selbst, auf Anweisung seiner Mutter, aber auch wenn es Striemen und blaue Flecken gab, Chiara war nicht kleinzukriegen. Wohl deshalb sollte er dieser Sache nun auch ein Ende bereiten.
Jacob stellte sich in den Raum, sah sich um, dann sah er Chiara an. Es war ihm nicht wohl dabei. Diese Kleine, ausgerechnet dieses aufmüpfige Ding, war ihm mehr ans Herz gewachsen als all die anderen Mädchen, die vor ihr hier gewesen waren. Er hatte das Gefühl, als würde sie zu ihm gehören, als würde sie etwas miteinander verbinden, dass er sonst mit niemandem teilen konnte. Aber er wusste es nicht in Worte zu fassen, auch konnte er es sich selber nicht eingestehen. Er sah sie an und es fiel ihm schwer, DAS zu tun, was er tun musste. Was seine Mutter ihm aufgetragen hatte. Aber war ER nicht der Herr hier? War ER nicht der Meister über Leben und Tod und hatte ER nicht die letzte Entscheidung zu treffen?
„Warum nur willst du mir nicht ein wenig entgegenkommen? Warum bist du so störrig?“, fragte er und seine Stimme klang sanft, fast melodiös, als er sich ihr langsam näherte.
Das Mädchen zog die Beine an, rückte näher an die Wand und sah ihn nur wütend, aber auch angsterfüllt an.
„Ich würde doch alles für dich tun, du musst nur ein wenig zugänglicher sein. Wo ist das Problem?“, fragte er, nun stand er direkt vor ihrem Bett, sein Bein berührte bereits die Bettdecke, die geblümt und mit Kindermotiven bedruckt, ungemacht und zerwühlt war. Chiara trug nur einen Schlafanzug, ihre Augen verfolgten jede seiner Bewegungen. Sie sagte nichts.

„Ich würde dich so gerne zu einer perfekten Frau formen, weißt du? Ihr Frauen habt alle Fehler. Du bist noch unverdorben, formbar, ich würde so gerne mit dir weiter zusammenbleiben, möchte dich so wie du bist, BEVOR du verdorben wirst. Leider sind ja alle Frauen so sehr verdorben. Sie betrügen, lügen, gehen fremd, sie denken nur an sich, sie nutzen die Männer aus, all diese Dinge, die ich dir abgewöhnen möchte. All diese Dinge, die du erst gar nicht kennen lernen sollst. Und was ist der Dank? Du lehnst dich auf. JETZT schon! Du weigerst dich. Du hast sogar gegen Mutter die Hand erhoben. DAS geht nun gar nicht. Und daher hat sie jetzt beschlossen, dass ich es mit einem anderen Mädchen versuchen soll."
Chiara hatte aufmerksam zugehört, ihre Augen weiteten sich aber nun mit Schrecken, sie erkannte, dass sie nicht freigelassen, sondern wohl ERSETZT werden sollte.
Jacob griff langsam in seine Jackentasche. Er hatte ein Jackett an, Jeans und Straßenschuhe, aber nun hielt er plötzlich eine kleine Stahldose und ein Tuch in seiner Hand.
„Ich werde dir jetzt das Tuch vor die Nase halten und dann wirst du schlafen. Wenn du aufwachst, ist das alles hier für dich vorbei. OK?"
Chiara schüttelte langsam und entsetzt den Kopf. Ihre Beine hatte sie so sehr angezogen dass ihre Knie ihr Kinn berührten. Sie ahnte, was er da hatte. Irgendein Betäubungsmittel. ER würde sie betäuben und dann ... sie wagte nicht daran zu denken, was danach passieren würde. Und diese Hexe da oben war die Auftraggeberin.
Jacob öffnete die kleine Dose und sofort erfüllte ein stechender Geruch den Raum. Er hielt den Lappen dagegen, schüttete etwas von dem Inhalt hinein, dann bückte er sich zu dem Mädchen nieder. Nun aber schnellten Chiaras Beine nach vorne, wie eine Feder trafen sie Jacob vor die Brust, der mit dem Tuch und dem Stahlbehälter nach hinten fiel. Das Tuch flog aus seiner Hand, der Inhalt des Behälters floss auf seine Brust. Er schrie auf, aber dann blieb er ruhig liegen. Das Chloroform hatte ihn schneller betäubt als er dachte und nun saß Chiara vor dem bewusstlosen Jacob und wusste nicht, wie sie reagieren sollte.

Februar 1999

Es war eigentlich zu kalt, um im Keller zu arbeiten. Draußen herrschte Frost, im Keller war es noch empfindlich kalt, aber dennoch räumte er mit einer Begeisterung auf, die ihm niemand zugetraut hätte. Jacob war fleißig. Er war nach der Arbeit nun immer hier unten, ständig werkelte er, bohrte, hämmerte, entsorgte altes Material, er baute den Keller um und war glücklich dabei. Seine Mutter ließ ihn alleine hier unten gewähren, er war daher ruhig und zufrieden. Jacob hatte einen Entschluss gefasst. Aber auch wenn er es sich anders überlegen sollte, die Aufgabe, vor der er nun stand, machte ihm Spaß und er setzte sein ganzes Können hinein. Zuerst hatte er den Keller entrümpelt. Es gab viel Sperrmüll, der sich in den Jahren dort angesammelt hatte und seit sein Vater vor vielen Jahren dort nichts mehr gemacht hatte, war hier unten alles verkommen. Er kannte seinen Vater kaum, er war abgehauen, als er drei Jahre alt war. Es gab keine Erinnerung an ihn und seine Mutter hatte nur schlechte Worte für ihn übrig, wenn sie überhaupt mal über ihn sprach. Jacob selber durfte nicht über ihn reden, Fragen über ihn stellen, an ihn denken. Es war ein Tabu, wie es viele hier gab.

Er trug alles nach oben, entsorgte es, dann machte er sauber. Anschließend baute er die Räumlichkeiten um. Es gab in ihrem kleinen Haus drei Keller und eine Waschküche. Er verband zwei Keller zu einem großen Raum, baute eine Nische in den dritten Keller und dann isolierte er alle Wände mit Dämmmaterialien. Die Nische baute er zur Nasszelle um. Er legte neue Leitungen, verputzte Wände und zog neue Decken, er installierte, klempnerte, schreinerte, er verbrachte mehr Zeit im Keller und in Baumärkten als mit seiner Mutter und nach einigen Wochen war er fast soweit. Das Fundament war geschaffen. Es fehlte noch eine Einrichtung, hier und da gab es noch Nachbesserungsbedarf, aber der Grundkern war geschaffen.

Jacob hob verwundert die Augenbrauen, als er die Schritte seiner Mutter auf den Treppenstufen hörte. Sie war bisher kein einziges Mal hier unten gewesen, nun aber kam sie, um sich sein Werk anzusehen. Sein Herz raste. Ob sie zufrieden sein würde? Oder gab es Schelte für ihn? Er ging ihr ein Stück entgegen und er sah sie, wie sie mit verzogenen dünnen Lippen sogar die Wände des Treppenaufganges begutachtete.

„Gute Arbeit, mein Junge!“,

rief sie dann anerkennend und erleichtert verzog sich sein Gesicht zu einem Lächeln. Voller Aufregung kam er ihr entgegen, er war begierig darauf, ihr nun den Rest zu zeigen. Er rannte vor, zeigte voller Stolz, was er getan hatte, wie er gedacht hatte, wo er was gemacht hatte, er war auf Lob und Anerkennung aus und sie sparte diesmal nicht damit. Anerkennend nickte sie, schaute ab und zu erstaunt, um dann lobend zu lächeln und als er sie überall herumgeführt hatte, als er ihr alles erklärt hatte, als er genügend Lob bekommen hatte, da sagte sie:
„Nun könnte es losgehen. Du hast gute Arbeit geleistet, wir brauchen jetzt noch etwas für die Einrichtung, einige Möbel, aber das Wichtigste ist geschaffen."
Jacob freute sich über das Lob. Es ging ihm gar nicht mehr um die Verwirklichung des Umbaus für den eigentlichen Zweck, ihm hatte die Arbeit an sich Spaß gemacht. Die Zeit hier alleine, zu sehen wie es wuchs, zu sehen wie es funktionierte, was er tat.

Sie fuhren im Auto durch die Gegend, immer auf der Suche. Seine Mutter hockte mürrisch auf dem Beifahrersitz des Kombis, dessen hintere Scheiben verdunkelt waren, er selber fuhr, ohne wirklich auf Ziele zu achten. Er war froh, dass es mehr nur eine Testfahrt war, es fehlten noch einige Einrichtungsgegenstände, daher hatten sie beschlossen, nur einfach mal herumzufahren und zu sehen, was möglich war. Sie fuhren an einer Schule vorbei, sie fuhren an anderen belebten Stellen vorbei und immer, wenn sie geeignete Mädchen sahen, zeigte seine Mutter hin, nickte und sah Jacob von der Seite her an.
„Und wic willst du das anstellen? Meinst du, die steigen freiwillig ein?", fragte er sie einmal und sie verzog spöttisch ihr Gesicht, als sie sagte:
„Mädchen muss man zu ihrem Glück zwingen, sie erkennen es sonst nicht. Also hab dich nicht so. Wir packen sie und dann zerren wir sie in den Wagen. Natürlich haben wir noch nicht die geeignete Stelle gefunden. Wir müssen etwas finden, wo man uns nicht sieht, wo es nicht so gefährlich ist. Vielleicht machen wir uns auch zu viele Gedanken. Der Zufall hilft oft besser als man glaubt ..."
Jacob nickte, er glaubte nicht so recht daran, aber er war in Gedanken auch nur mit seinem Umbau beschäftigt. Es war so schön geworden, so hell, so groß, es war wie eine richtige Wohnung. Und es war so SICHER dort. Kein Geräusch drang nach außen, keine Fenster, in die man hineinschauen konnte, die Türen waren verbaut und im Innern gab es richtigen Komfort. Er würde auch nicht am Bett sparen oder den Möbeln. Keine zweite Wahl, sondern nur hochwertige Dinge sollten in seine „Wohnung" eingebaut werden. Jacob erschrak, als seine Mutter plötzlich rief:
„DA! Das wäre die Richtige. Und die richtige Stelle!"
Sie zeigte auf ein etwa 13-jähriges Mädchen mit schwarzen Haaren, das an einer Bushaltestelle stand. Weit und breit war kein anderes Auto zu sehen, es gab auch keine anderen wartenden Leute hier.
„Sollen wir?", fragte sie schnell und Jacob leckte sich nervös über die Lippen, dann aber fuhr er weiter.

„Ist zu früh. Wir sind ja noch nicht fertig. Ich finde, wir sollten nichts überstürzen!"
„Du hast Angst. Das ist alles", sagte sie verächtlich, dann aber lachte sie bitter auf und fügte hinzu:
„Du bist wie dein Vater. Der hat auch jede Verantwortung gescheut. War ein Angsthase ..."
Sie erwartete keine Antwort und Jacob gab auch keine. Es war selten genug, dass sie überhaupt etwas von seinem Vater erzählte und auch wenn er begierig war, mehr zu erfahren, so sagte er kein Wort, stellte keine Fragen und schweigend setzten sie ihre Fahrt fort. Aber es kam keine bessere Gelegenheit mehr, es gab keine weiteren Ziele mehr die sie fanden und nach einer Weile kehrten sie wieder nach Hause zurück.
Sie besprachen die weiteren Schritte und nun war Jacob wieder in seinem Element. Er schilderte die Einrichtung, die er plante, in allen Einzelheiten, vergaß nicht mal an die Bedürfnisse der Mädchen zu denken und wollte sogar einen kleinen Schrank mit Binden und anderen weiblichen Toilettenartikeln anschaffen, was seine Mutter nur mit einem verächtlichen Blick quittierte.
„Du gehst wohl noch so weit und kaufst denen Schminke und Schmuck?", lästerte sie und Jacob schaute sie an, als würde er ernsthaft darüber nachdenken, dann meinte er:
„Ich denke, wenn sie sich gut machen, dann darf es auch eine Belohnung geben und wenn ein Mädchen sich freut, dann doch über solche Dinge? Ich meine, wir sollten ALLES in Betracht ziehen und das gehört eben einfach auch dazu."
Amalia stand nun ächzend aus ihrem Sessel auf, schlurfte hinüber zur Küche und dann rief sie im Weggehen noch:
„Ach ja, dann vergiss auch die Kondome nicht. DAS gehört ja dann wohl auch dazu."
Diese Bemerkung reichte, um Jacob wieder um eine ruhige Nacht zu bringen. Die Vorstellung, irgendwann mit den Mädchen Sex zu haben, war zu überwältigend. Er würde selber bestimmen wann, wie und wo. ER war dann derjenige, der es bestimmen würde. Sie hatte sich zu fügen. Aber ab wann war ein Mädchen soweit? Mit dreizehn? Es gab Länder, da heirateten solche Mädchen bereits in diesem Alter. Es gab Mütter, die waren gerade mal 14. Also wäre es vielleicht sogar eine gute Idee, den Mädchen eine Art Verantwortung zu geben, sie frühzeitig auf die Pflichten als FRAU vorzubereiten? Er lag im Bett und nun wollte seine Erregung nicht abklingen. Auch die Gedanken an seine Mutter hielten ihn nun nicht mehr davon ab, Hand an sich zu legen und mit einem Schuldgefühl und einer Menge Scham machte er sich daran, sich zu erleichtern. Fast war er froh, als es vorbei war, er lag schwer atmend unter seiner Bettdecke und er wusste nicht, wie er fühlen sollte. ES war verboten. ES war nicht richtig. Es war falsch und er würde aufpassen müssen, damit Mutter es nicht merkte. Vorsichtig griff er zu den bereitliegenden Taschentüchern. Er säuberte sich, suchte auch nach Spuren im Bettzeug, dann schlich er sich ins Bad. Er warf die Taschentücher ins Klo, wusch sich die Hände, dann schlich er

vorsichtig wieder zurück. Warum sollte sie etwas bemerkt haben? Es kam öfter vor, dass er nachts musste, aber er war sicher, würde sie ihn jetzt sehen, würde sie sein Gesicht sehen, würde sie seine Gedanken lesen, dann wüsste sie, was er getan hatte und DAS war bestimmt nicht gut.
Jacob schlief unruhig wieder ein und noch immer geisterte ihm der Gedanke im Kopf herum, wie es sein würde, wenn er einem gefügigen jungen Mädchen befehlen würde, sich für ihn bereit zu machen ...

Am anderen Tag fuhr er nach der Arbeit zu einem Baumarkt, dann in ein Einrichtungsgeschäft. Er kaufte, bestellte, hakte auf seinem Zettel ab, vereinbarte Liefertermine, dann erst fuhr er zufrieden nach Hause. Seine Mutter erwartete ihn bereits, das Essen war fertig und stand auf dem Tisch.
„Ich wusste nicht, dass du noch nach der Arbeit einkaufen fährst", sagte sie und er konnte ihr anmerken, wie sauer sie war.
„Ich hatte es dir gesagt, aber du hast es vergessen. Ich habe Möbel bestellt und einige andere Dinge besorgt. Wir wollen doch unten fertig werden?"
Sie sagte nichts darauf, verzog nur wie immer anklagend das Gesicht und Jacob schmeckte es schon nicht mehr. Es war wie immer. Wenn ihr etwas nicht passte, dann zeigte sie es nicht nur mit Gesten, sie war dann auch schlecht gelaunt und irgendwann würde sie es ihn spüren lassen. Jacob hatte Angst davor. Seine Mutter wusste, wie sie ihn treffen konnte. Sie wusste, wie sie ihn bestrafen konnte und sie würde es auch tun.
Am Abend saßen sie gemeinsam vor dem Fernseher. Es lief eine Familiensendung und der Showmaster versuchte gerade, einem Kandidaten eine Aufgabe zu erklären, als sie anfing:
„Du würdest das nicht schaffen. Du bist nicht fähig etwas zu schaffen. Wenn du mich nicht hättest, wärest du sowieso verloren ..."
Es war der Auftakt zu einer endlosen Litanei. Er kannte das, kannte es so gut und immer endete es gleich. Nachdem sie ihn genügend beschimpft, genügend gedemütigt hatte, versuchte sie es dann mit der Mitleidstour.
„Und ich bin dir ja sowieso egal. Ich kann ruhig abkratzen. Je eher desto besser."
Jacob versuchte zu beruhigen, versuchte zu beschwichtigen, aber es hatte – wie immer – keinen Zweck. Sie verlor sich darin, ging sogar so weit, einige Tränen zu vergießen, dann kam das glorreiche Finale. Die Hasstiraden gegen alle Männer, gegen alle Ehefrauen und gegen Jacobs Vater insbesondere. Sie gab keine Informationen, sie beschimpfte ihn nur, gab zu erkennen, was sie von ihm hielt und zum krönenden Abschluss schüttelte sie den Kopf, als hätte alles keinen Zweck mehr, als würde das Ende nahen und nur SIE würde es aufhalten können. Jacob war am Ende seiner Kraft, als er sich endlich erhob, um ins Bett zu gehen.
„Ich wünsche dir eine gute Nacht, Mutter", sagte er, beugte sich noch zu ihr hin und gab ihr einen Kuss auf ihren Mund. Die kleinen, wie zu einem feinen Strich

gebogenen bläulichen Lippen, waren feucht und Jacob schüttelte sich innerlich, dann ging er in sein Zimmer.
In der Nacht dachte er über das Geschehene nach. Er sah das Mädchen an der Bushaltestelle und stellte sich vor wie es wäre, sie in seiner Gewalt zu haben. Wie es wäre, ALLES mit ihr machen zu können, was er wollte. Es war ein faszinierender Gedanke. Vielleicht war Mutters Rat doch der Beste. Sie wusste, was gut für ihn war und er fühlte es, DAS war gut für ihn. Er freute sich jetzt doch darauf, er begann nun damit, sein umgebautes Kellerverlies mit einem Mädchen in Verbindung zu bringen.

Oktober 2010

Chiara stand vorsichtig von ihrem Bett auf, sah erstaunt den bewusstlosen Jacob an, dann schlich sie langsam zur Türe. Es war selten, dass sie die Türe ungehindert passieren konnte, normalerweise nur, wenn Jacob oder seine Mutter in der Nähe waren, so ganz alleine war sie noch nie hier gewesen. Sie passierte die Türe, schlich zur nächsten, dann sah sie den Kelleraufgang hinauf. Sie war schon öfter oben gewesen. Immer aber war Jacob hinter ihr und passte auf, meistens musste sie dazu noch einen Knebel im Mund tragen, damit sie nicht rufen konnte. Nun aber war sie alleine. Ob diese alte Hexe oben war? Ob sie nun fliehen könnte?
Chiara hatte Angst, aber auch Hoffnung. Sie war nun lange genug hier, es wurde Zeit. Sie dachte oft an ihre Eltern, ihre kleine Schwester. Manchmal hatte sie gedacht, sie würde sie alle nie wiedersehen, aber nun schöpfte sie Hoffnung. Es könnte klappen.
Sie horchte nach oben, hörte nichts, dann ging sie langsam, Stufe für Stufe hinauf. Eine Stufe knarrte und sie blieb erschrocken stehen, aber als alles ruhig blieb, setzte sie ihren nackten Fuß auf die nächste Stufe. Sie konnte den Lichtschein von oben sehen. Unten war der Keller beleuchtet, der Flur nach

oben aber nicht und sie sah nach dem Licht, das aus der Wohnung kam mit einer Mischung aus Angst und Freude. Die nächste Stufe, sie schaute nach unten, dann nahm sie wieder eine Stufe. Was war, wenn Jacob unten wach wurde? Würde er losrennen oder sie rufen? Würde die alte Hexe dann kommen? Chiara schluckte schwer, dann setzte sie den kleinen Fuß auf die nächste Stufe. Und wieder war sie ein Stück höher, das Licht kam näher, sie konnte bereits einen ersten Blick in den Flur werfen. Ihr Herz raste und sie hatte Angst, jemand könnte es hören. Sie warf ihre Haare nach hinten, dann ging sie wieder ein Stück höher. Sie musste aufpassen, durfte nun kein Geräusch mehr machen. Sie schaute nach unten, damit ihre Füße nicht danebentraten, ging wieder ein Stück höher und als sie nun nach oben schaute, erstarrte sie. Chiara meinte ihr kleines Herz würde stehen bleiben. Oben, in der Türe nach unten, stand Amalia. Ihr dickes Gesicht war zu einer Grimasse der Wut und des Hasses verzogen und ihr Kopf war kampfbereit nach vorne gestreckt. Sie hatte keinen Nacken, ihre kurzen Locken verbanden sich in einer Linie mit ihren Schultern und sie wirkte wie eine dicke Wanze, die Chiara den Weg in die Freiheit versperrte. Sie meinte sogar, es wäre direkt ein klein wenig dunkler geworden, als würde die dicke alte Frau ihr das Licht wegnehmen. Chiara blieb stehen, wagte sich nicht zu regen. Was würde nun passieren?
„WO ist mein SOHN?“, rief sie und Chiara sagte nichts, drehte sich halb nach hinten um, fast meinte sie Jacob würde jetzt hinter ihr auftauchen, aber es blieb ruhig und Chiara musste nun eine Entscheidung treffen.
„Ich soll was zu trinken holen – hat er gesagt!“, flüsterte sie und nun setzte sie einen weiteren Schritt nach oben, in der Hoffnung, die alte Frau würde nun Platz machen, damit sie vorbeigehen könnte. Es waren nur noch sieben Stufen zu ihr und Chiara ging nun Stufe für Stufe nach oben. Ihr Herz schlug ihr bis zum Hals, ihre Hände waren nass vor Angst und sie schluckte heftig, durfte sich nichts anmerken lassen.
„Das ist aber nicht seine Art. JACOB? Jacob? Wo bist du?“, rief sie und schaute an Chiara vorbei nach unten. Das kleine Mädchen wollte sich eben an ihr vorbeidrücken, es war nur noch zwei Stufen von der Alten entfernt, aber schon spürte sie ihre harten und erstaunlich kräftigen Hände an ihrer Schulter.
„Hier geblieben. Du wartest, bis ich mit Jacob geredet habe!“, rief sie und packte sie noch fester, Chiara fühlte ihren Griff wie den eines Adlers, der sein Opfer gepackt hielt und nun fasste sie einen mutigen Entschluss.
Sie drehte sich ein wenig, dann packte sie Amalia an der Hüfte, gab ihr einen Stoß und begann sich zu befreien. Sie ruckte und zog, aber die Alte, die zwar ins Straucheln geraten war und fast die Treppe hinunterfiel, hielt sich am Türgriff fest und packte sie nun mit einer Hand an den Haaren.
„Du Satansbraten. Du bleibst hier!“, rief sie, versuchte sich festzuhalten und Chiara nahm ihre letzte Kraft, als sie Amalia den Kopf in den Bauch rammte und nun ließ die Alte das Kind tatsächlich los, ruderte mit den Armen, dann fiel sie langsam, fast wie in Zeitlupe nach hinten. Sie krachte auf die ersten Treppenstufen nach unten, da die Treppe sich aber leicht in einer Kurve wand,

fiel sie nicht bis ganz nach unten, sondern blieb nach einigen Stufen an der Kellerwand hängen. Schmerzerfüllt schrie sie auf, fluchte und brüllte und Chiara stand wie angewurzelt da. Sie war nicht in der Lage zu fliehen, war nicht in der Lage sich überhaupt zu bewegen, sie stand da, wie ein vom Licht geblendetes Reh.
Es war wohl der Schmerzensschrei der Mutter, der Jacob bis ins Unterbewusstsein erreicht hatte, jedenfalls war er erwacht und stand nun unten an der Treppe. Verwirrt sah er nach oben, sah Chiara dort stehen, dann sah er seine Mutter, die halb liegend in der ersten Treppenkurve nach ihm rief.
„Nun fass sie schon, schnell, sie haut sonst ab!“, keifte sie und Jacob rieb sich irritiert die Stirn. Er war noch ein wenig benebelt, begriff noch gar nicht richtig, was passiert war, er schien auch Kopfschmerzen zu haben. In Wirklichkeit war ihm hundeelend, ihm war so schlecht, dass er sich am liebsten übergeben hätte, aber er war nun mit der Entscheidung überfordert, was er zuerst machen musste. Sollte er an seiner Mutter vorbeirennen und Chiara fangen, oder erst ihr, seiner Mutter helfen? Sie schien Schmerzen zu haben und ihr Fuß war eigenartig verdreht. In der Lage war das fast unmöglich und er begriff, dass sie ziemliche Schmerzen haben musste. Sie heulte denn auch, schrie und spuckte und nun kam Leben in Chiara. Sie drehte sich herum und dann rannte sie los. Sie kannte sich ein wenig aus. Zuerst kam das Wohnzimmer, dann das Bad, links lag die Küche. Sie rannte auf die Haustüre zu und sie hörte Jacob nun hinter sich. In ihrer Kehle bildete sich ein Kloß, ein bitterer, ein Kloß, der sie hinderte zu schreien, zu atmen, einfach um Hilfe zu rufen, sie rannte einfach auf die Haustüre zu, dann drehte sie den Griff, rüttelte daran, aber sie ließ sich nicht öffnen. Die Türe war zu. Panisch zog sie hin und her, riss am Griff, aber sie blieb verschlossen. Nun konnte sie Jacob hinter sich atmen hören, dann sagte er mit zittriger Stimme: „Das wird dir noch leidtun. Nicht, dass du fliehen wolltest, aber das mit Mutter, das wird sie dir nie verzeihen. Sie hat wohl einen Fuß gebrochen und ich möchte nicht wissen, was sie mit dir machen wird.“
Es hörte sich an, als hätte er fast Angst um SIE. Er selber schien nicht weiter wütend zu sein. Er fasste sie sanft an der Schulter, drehte sie herum und sagte: „Die Türe ist immer abgeschlossen. Du kannst hier nicht weg und wo willst du denn hin? In die Welt da draußen? Wo du verdorben wirst? Wo du unter die Räder der Gesellschaft kommen kannst? Hier bist du doch sicher. Hier hast du es gut, ich brauche dich, ich LIEBE dich ...“ Erschrocken hielt er sich die Hand vor den Mund, drehte sich herum, ob seine Mutter das gehört haben könnte, aber sie saß weiterhin auf der Kellertreppe, er hörte sie leicht greinen, aber Chiara hatte es gehört. Er wollte es nicht sagen, wusste es selber nicht, wie er dazu kam, SOWAS zu sagen, aber es war heraus und nun, als er es gesagt hatte, ging es ihm besser und er wusste nun, dass es so war. Er hatte bei diesem Mädchen zuviel Gefühl investiert, vielleicht sogar das letzte Gefühl, das er je gehabt hat. Den Rest seiner Seele. Dennoch, Befehl war Befehl. Er musste sie töten. Er musste es, weil Mutter es gesagt hatte, er musste es, weil sie Mutter wehgetan hatte. Es würde keinen Ausweg aus dieser Situation geben.

Juni 1999

Es war ein warmer Tag gewesen. Jacob war nach der Arbeit losgefahren und hatte Ausschau gehalten. Bis jetzt war noch kein Mädchen gefunden worden und bis jetzt hatte er auch nicht den rechten Mut aufgebracht. Immer wieder hatte er Mutter vertröstet, ihr von fehlender Einrichtung erzählt, aber als sie immer mürrischer und herrischer geworden war, musste er gezielter suchen. Dennoch hatte es bis jetzt keine Gelegenheit gegeben. Amalia bestand darauf, dass er ab und zu mit ihr durch die Gegend fuhr, sie suchten, schauten sich Orte an, die geeignet wären und in der Nähe eines Waldschwimmbades waren sie beinahe fündig geworden, aber in letzter Minute waren Zeugen gekommen und Jacob war schnell wieder weggefahren. Nun fuhr er öfter nach der Arbeit einfach ziellos umher, schaute auf Landstraßen, in kleinen Orten, ja sogar auf Raststätten, wo Familien zusammensaßen oder Kinder auf den Wiesen spielten. Er war nur halb bei der Sache. Jacob träumte lieber davon, als dass er real etwas anpackte. Die Vorstellung war oft reizvoller als der Gedanke es tatsächlich zu tun. Er hasste die Gewalt, liebte aber die Vorstellung Macht auszuüben. Er stand allerdings unter dem Druck, den seine Mutter ausübte und dies ließ ihm keine Ruhe.

Nun war es fast 19 Uhr. Seine Mutter würde sowieso sauer sein, er hatte das Abendessen verpasst, nicht auf die Zeit geachtet, war weiter gefahren als er eigentlich vorgehabt hatte und nun schaute er verwirrt auf die Ortsschilder, die er sah. Er würde noch eine Stunde brauchen, bis er zu Hause war. Sollte er Mutter von einer Telefonzelle aus anrufen, damit sie sich keine Sorgen machte?

Aber sie wusste ja, was er tat, warum er unterwegs war und wenn er Erfolg haben würde, hätte sie keinen Grund ihn zu schelten, würde sich sogar freuen und ihn loben. Das war es wohl, das den Ausschlag gab. Er schluckte, dann nickte er sich selber entschlossen zu. Es war soweit. Es würde nun kein Zögern mehr geben. HEUTE musste es passieren. Jacob schaute noch einmal kurz auf die Uhr, dann stand sein Entschluss fest. Statt Ärger und Vorwürfen, würde es heute mal ein Lob geben und endlich würde das stattfinden, was schon so lange geplant war. Auch wenn er bisher kein Mädchen sah, so war er doch sicher, dass es in einigen Augenblicken soweit sein würde. Es war ihm fast egal, wie sicher es war, ob es Zeugen gab oder nicht, er war einfach nur entschlossen, es JETZT zu tun.

Jacob fuhr durch einen kleinen Ort, mehr ein Dorf, dann begann eine lange Landstraße. Es war noch hell, die Sonne schien, es hätte Mittag sein können, aber seine Uhr zeigte genau 19:05 Uhr. Er würde um 20 Uhr zu Hause sein und diesmal MIT einem Mädchen. Fast augenblicklich spürte er eine Erregung in sich aufsteigen, die er so nicht kannte. Noch heute würde er Macht ausüben, noch heute würde er ein HERR sein. Ein Herr, der befehlen, bestimmen, verfügen konnte.

Das Schicksal ist meist unergründlich und Jacob dachte nicht einmal darüber nach, als er ein Mädchen auf einem Fahrrad sah. Das Kind war circa zehn Jahre alt, hatte einen Bikini an, strampelte auf dem Kinderfahrrad an einem Fahrradweg neben der Landstraße entlang und nirgendwo gab es einen Erwachsenen oder andere Kinder. Es gab keine Zeugen. Jacob leckte sich hektisch über die Lippen. Auch wenn er es sich so oft in Gedanken ausgemalt hatte, auch wenn er die Tat unzählige Male durchgegangen war, jetzt gab es keinen Plan mehr, jetzt gab es keinen geregelten Ablauf mehr, er handelte einfach Instinktiv. Jacob machte die Warnblinkanlage an, fuhr hundert Meter vor dem Kind an den Seitenstreifen, stieg aus und machte die Kofferraumklappe auf. Es sah aus, als hätte er eine Panne. Der Fahrradweg war ungefähr zwei Meter neben der Straße, nur durch einen kleinen Grasstreifen getrennt und Jacob sah sich hektisch nach allen Seiten um. Das Kind kam immer näher und nun konnte er es genauer betrachten. Es war blond, hatte kleine Zöpfe und das kleine Mädchen war spindeldürr. Für Jacob hatte dies alles keine Bedeutung. Es war egal, ob es hübsch oder hässlich war, es kam ihm nur darauf an, über ein lebendes Wesen zu verfügen. Sein Puls raste und er schwitzte stark, aber er konzentrierte sich jetzt nur noch auf seine Aufgabe. Als das Kind nur noch wenige Meter von ihm entfernt war, warf Jacob einen letzten Blick auf die Straße, die Umgebung, dann schlug er zu. Es war eine Mischung aus Angst, Aufregung und schließlich einer totalen Skrupellosigkeit. Wollte er zuerst das Kind ansprechen und locken, so handelte er nun vor lauter Angst ein wenig anders. Er sprang einfach vor das Fahrrad, das Mädchen fiel hin, er hob es auf und warf es in den Kofferraum, dann schlug er den Deckel des Kombis zu und raste los. Schweiß lief ihm in Strömen das Gesicht hinunter, aber in seiner Brust breitete sich auch ein nie gekanntes Hochgefühl aus. Endlich war es soweit.

Endlich konnte es losgehen. Und Mutter würde ihn loben. Sie würde glücklich sein, sie würde vor Freude in die Hände klatschen. Das Kind jammerte nun hinten, weinte, Jacob hatte auch dies bedacht. Wenn keine Zeit war, das Kind zu knebeln und zu fesseln, würde er es eben später machen.
„Psst, ruhig, ich erkläre es dir alles gleich!", rief er nach hinten, dann bog er in einen Feldweg ab, der von der Landstraße rechts in einen Wald führte. Er fuhr nur einige Meter weit, dann sprang er erneut aus dem Wagen, rannte nach hinten, öffnete den Kofferraum, packte das Mädchen und auch wenn es sich ein wenig wehrte, er überwältigte es mühelos, fesselte und knebelte es. Die Dinge, die er dafür brauchte, lagen schon seit Wochen bereit.
Anschließend gönnte er sich einen kleinen Augenblick, um sein Werk zu betrachten. Das kleine Kind lag gefesselt da und starrte ihn aus ängstlich aufgerissenen Augen an. Jacob bekam augenblicklich eine Erektion. Er machte sich nicht die Mühe, das Kind anzusprechen oder zu beruhigen, er freute sich einfach nur, schlug den Deckel wieder zu und dann setzte er vorsichtig aus dem Waldweg wieder zurück auf die Landstraße. Jetzt fuhren Autos hier und er wunderte sich ein wenig. Vorher, als er das Kind gepackt hatte, war die Straße leer gewesen. Niemand kam, kein Auto, kein Fahrradfahrer, kein einsamer Spaziergänger. Also sollte es wohl so sein.
Gemütlich fuhr er Richtung seines Heimatortes. Bloß nicht auffallen. Bloß in keine Polizeikontrolle kommen. Er hatte nun keine Angst mehr, das Gefühl war verflogen und einem völlig neuen Gefühl der Macht gewichen. Dort hinten lag ein Kind und es gehörte IHM. Er konnte damit machen, was er wollte. Er konnte frei darüber verfügen. Was würde er heute machen? Sollte er bereits mit der Erziehung beginnen? Was würde Mutter sagen?
Essen. Das Kind brauchte was zu essen. So eigenartig es war, Jacob machte sich nun ernsthaft Gedanken, was das Kind zu essen haben wollte. Sollte er es fragen? Aber Mutter wusste bestimmt Rat. Sie würde wissen, was man so einem kleinen Wesen zu essen gab. Es sollte nicht seine Sorge sein. Er war ja nicht allein. Er war nicht alleine verantwortlich. Seine Mutter würde ihm die wichtigsten Aufgaben abnehmen und er konnte sich voll und ganz auf das Kind konzentrieren. Wie würde es reagieren, wenn er sich dem Kind nackt präsentieren würde? Schließlich sollte es ja mal seine Frau werden, also war da falsche Scham nicht angebracht. Aber Mutter dürfte es nicht wissen. Sie würde ihn schelten. Er würde es heimlich machen. Wenn sie nicht dabei war. Dann konnte er alles machen, was er wollte.
Jacob war nervös, als er die Einfahrt zu seinem Elternhaus hineinfuhr. Er öffnete die Garage, dann fuhr er den Wagen hinein, schloss hinter sich wieder die Türe. Leider gab es keine Verbindung zum Haus, er würde das Kind von der Garage ins Haus bringen müssen, hatte aber nun Angst, dass ein Nachbar etwas sehen könnte. Also ließ er das Kind einfach wo es war, ging in aller Ruhe hinein und als er seine Mutter ansah, konnte er sich ein Grinsen nicht verkneifen.
„Ich habe eine Überraschung im Auto", sagte er und seine Mutter verzog ihre kleinen Strichlippen zu einem bösen Grinsen.

„Hat dich jemand gesehen?“, fragte sie und sprach automatisch leiser, als könnte jemand sie hören, aber Jacob schüttelte stolz den Kopf.
„Niemand hat mich gesehen, das Kind ist ungefähr zehn und hübsch, ich erzähle dir alles später, wir müssen es jetzt nur noch von der Garage ins Auto bringen.“
Seine Mutter nickte, dann deutete sie auf die Vorratskammer.
„Hol einen blauen Müllsack, steck sie rein und bring sie her.“
„Aber wenn sie zappelt?“
„Dann klatsch ihr eine, dass sie ruhig ist“, sagte seine Mutter, dann drängte sie ihn zur Vorratskammer. Jacob nahm die ganze Rolle mit Säcken, dann ging er zur Haustüre.
„Lass die Türe auf. Ich steck sie rein und bring sie rüber. Aber ich glaube, sie passt gar nicht da rein. Für ihr Alter ist sie schon groß.“
„Du machst das schon“, sagte sie und nickte ihm lächelnd zu. Sie schien sich zu freuen und Jacob freute sich ebenfalls. Er würde sich morgen krankmelden, würde nicht zur Arbeit fahren. Er würde den ersten Tag voll auskosten, würde ständig bei dem Kind sein und es erforschen. Er hielt es fast nicht mehr aus, rannte zur Garage, dann schloss er erneut die Türe hinter sich. Als er das Kind vor sich sah, grinste er.
„Ich bringe dich jetzt ins Haus. Du darfst nicht zappeln oder dich wehren, sonst muss ich dich schlagen. Also halte dich ruhig. Ich stecke dich in einen Sack und dann trage ich dich rüber.“
Er sah den Sack an, dann das Kind und er wusste plötzlich, dass sie niemals hier hineinpassen würde. Er schaute sich nervös um, dann sah er einen Stapel Decken in der Ecke liegen. Schnell ging er hin, wickelte das gefesselte Kind in eine Decke, dann nahm er noch eine weitere Decke und legte sie über die Beinchen, die noch hinausragten, danach legte er sich das Bündel über die Schulter und lief zum Haus hinüber. Seine Mutter wartete schon an der Türe, er sah die Haustüre aufgehen und als er das Haus betreten hatte, schlug sie schnell die Türe hinter ihm zu.
„Nun pack schon aus, ich will sie sehen!“, rief sie und Jacob wickelte das Kind voller Stolz aus den Decken.
„Bisschen dünn ...“, sagte seine Mutter und sah das Kind abschätzend an, das aus blauen ängstlichen Augen von Jacob zu seiner Mutter hin und hersah.
Das kleine Mädchen lag vor ihnen auf dem Flurboden, im Mund hatte es einen Knebel aus Stoff, Arme und Beine waren mit Plastikbändern gefesselt. Es zerrte ein wenig an den Knebeln, aber sie konnte natürlich nichts wirklich dagegen ausrichten.
„Mach die Türe zu und bring sie in den Keller“, sagte seine Mutter, dann ging sie mit hocherhobenem Kopf zur Türe der Kellertreppe und schaltete das Licht ein. Sie wirkte wie eine Kerkermeisterin mit ihrem ersten Kunden und Jacob hob das Kind fast zärtlich auf seine Arme, dann trug er sie in sein Reich.
„Das habe ich alles selber gemacht“, sagte er ihr voller Stolz, als er die Treppe herunterging.

„In monatelanger Arbeit habe ich hier alles umgebaut. Nur für dich. Du sollst es hier schön haben. Dir wird es an nichts fehlen. Du brauchst keine Angst zu haben. Tu nur, was wir von dir wollen, was wir dir sagen und du wirst es richtig schön haben. Ich habe dir sogar Spielzeug gekauft. Du wirst es mögen“, sagte er und dann trat er die Türe mit dem Fuß auf, seine Mutter war hinter ihm geblieben. Er trug das Kind zu dem großen Bett, dann befreite er das Mädchen zuerst von den Fesseln, danach erst nahm er ihr den Knebel aus dem Mund. Sie sog tief die Luft ein, als wäre sie am Ersticken gewesen, dann sah sie sich ängstlich um.
„Warum bin ich hier? Was wollen Sie von mir?“, fragte sie ängstlich und ihre Stimme klang dünn, hell und weinerlich.
Jacob grinste sie an und Amalia sagte laut und streng:
„Fragen stellst du gar nicht. Du antwortest nur, wenn du gefragt wirst. Wir werden dich RICHTIG erziehen. Du wirst eine perfekte Frau werden. Wir halten dich hier fest, damit du nicht so wirst wie die anderen Frauen da oben. Du wirst die perfekte Frau für meinen Sohn werden!“
Jacob nickte grinsend, dann fragte er:
„Hast du Hunger? Durst? Möchtest du irgendetwas haben? Ich habe hier einen Kühlschrank, da sind Getränke drin, ich habe was zum Knabbern und Spielen, ich habe alles für dich bereit. Du brauchst es dir nur zu nehmen.“
Das Kind bewegte sich nicht und nun fragte seine Mutter:
„Wie heißt du eigentlich?“
„Ich will nach Hause“, jammerte die Kleine und nun schlug Amalia das erste Mal zu. Es war eine kräftige Ohrfeige und das Mädchen prallte zurück, hielt sich erschrocken die Wange.
„DU beantwortest hier nur Fragen. Mehr will ich nicht von dir hören!“, schimpfte sie und das kleine Mädchen begann zu weinen.
„Na, Mutter ...“, sagte Jacob leise, „sie ist doch noch neu hier. Habe ein wenig Verständnis mit ihr. Wie heißt du denn?“, fragte er sie nun und jetzt sagte sie leise, weinend:
„Pia.“
„Nun, Pia, Mutter ist etwas ungeduldig. Mach dir nichts draus. Ich denke, ich werde viel Zeit mit dir verbringen und wir werden das schon schaffen ... Wie alt bist du denn?“
„Neun“, sagte das Mädchen und Amalia verzog das Gesicht.
„Zu jung. Ich habe gesagt, sie sollte zwischen zwölf und vierzehn sein. Was willst du mit einem Kleinkind? Das dauert doch alles viel zu lange. Bring sie weg und hol eine andere. Die gefällt mir nicht“, sagte sie und Jacob brach der Schweiß aus. Er wusste, was sie meinte. Wegbringen hieß nicht freilassen, sondern entsorgen. Er sollte sie direkt entsorgen und eine andere holen. Also gab es doch Ärger und kein Lob? Doch er wollte noch nicht aufgeben, seinen ersten Erfolg noch nicht begraben und so sagte er nur:

„Ich werde mir das einige Tage überlegen. Überlasse sie mir. Manche Mädchen sind viel früher reif als zu deiner Zeit. Ich denke, wir sollten einfach mal was abwarten."
„Dann warte du ab. Ich sage dir, es ist zu früh und basta", sagte seine Mutter, dann ging sie beleidigt nach oben.
Nun war er alleine mit ihr und ein Hochgefühl kam über ihn, das er nicht in Worte fassen konnte. Er könnte sie jetzt anfassen. Er könnte sie schlagen oder streicheln, er könnte sie zum Lachen oder Weinen bringen, er könnte sie glücklich machen oder in Panik versetzen, es war SEINE Entscheidung. ER war derjenige, der über sie bestimmen konnte. Aber er hatte keine Lust, ihr etwas zu Leide zu tun, er wollte, dass sie lachte, dass sie glücklich war, dass sie sich wohlfühlte, aber er wusste nicht, wie er das anstellen sollte. Also sagte er:
„Wenn du brav bist, dann bringe ich dich wieder nach Hause."
Er beobachtete sie genau. Ihre Augen leuchteten kurz auf, sie hatte Hoffnung bekommen. Sie sah ihn bittend an und er setzte ein gönnerhaftes Grinsen auf.
„Ich kann das entscheiden. Ich kann dich nach Hause bringen oder hier lassen. Ich kann dir zu Essen geben oder dich hungern lassen. Aber ich will, dass du dich wohlfühlst." Sie nickte leicht, ihre Augen schwammen in Tränen, aber sie weinte nicht laut.
Jacob fühlte, wie sein Herz bis zum Halse schlug, als er nun, nach einem Blick zur Türe, ob seine Mutter bereits weg war, sagte:
„Ich zeige dir jetzt etwas, aber ich tu dir nichts. Danach wirst du essen und trinken und schlafen. Morgen ist ein neuer Tag und dann sehen wir weiter."
Jetzt öffnete er seine Hose und befreite, was ihn schon seit Stunden drängte, bereits weh tat und er entblößte vor ihr seinen erigierten Penis. Das Mädchen riss die Augen auf, sah ihn erschrocken an, dann wendete sie schnell den Blick ab, doch für Jacob war es bereits genug. Mit einem Stöhnen kam er, sein Samen floss in seine Hand und seine Emotionen überschlugen sich. Seine Erregung ging in Scham über und hastig drehte er sich herum, machte sich sauber, dann sah er sie mit rotem Kopf an:
„Entschuldige, aber das ist etwas, woran du dich gewöhnen solltest. Du musst erwachsen werden. Je schneller, desto besser."
Er deutete noch schnell auf den Kühlschrank, dann sagte er:
„Ich lasse dich jetzt allein. Da ist zu essen. Wenn du musst, dann ist da das Klo. Licht lasse ich an, schlaf gut."

Oktober 2010

Chiara lag auf dem Bett und starrte mit offenen Augen an die Decke. Die Lage war aussichtslos, jetzt war es sogar noch schlimmer als vorher, nun wollte die Alte sie wirklich umbringen. Amalia hatte nicht nur den Fuß gebrochen, auch einige Bänder waren angerissen und sie konnte nicht mehr auftreten. Sie lag oben auf dem Sofa, nörgelte herum und befahl Jacob ständig, dieses Balg auf der Stelle zu töten, doch Jacob weigerte sich beharrlich.

„Nur weil du dich verletzt hast, nur weil du dich rächen willst, werde ich jetzt nicht den Kopf verlieren. Ich denke, ich werde noch einen Tag warten. Töten kann man immer, aber es ist oft klüger zu überlegen."

„Ach, jetzt willst DU mir beibringen, was zu tun ist? DU willst überlegen? Seit wann bist du denn in der Lage, dein bisschen Hirn zu benutzen?", greinte sie und Jacob fühlte sich schwach und hin und hergezogen. Am liebsten hätte er Mutter sofort zufriedengestellt, wie immer, aber sein Herz zog es fast noch mehr zu der kleinen Chiara im Keller.

Er ging der Diskussion aus dem Weg, erwiderte nichts mehr, schloss nur die Türe zum Wohnzimmer, damit er ihr Nörgeln nicht mehr hören musste, dann ging er langsam zu IHR hinunter in den Keller. Als er eintrat, sah sie ihn nicht mal an. Sie starrte mit offenen Augen an die Decke und sagte:

„Und jetzt? Hast du den Auftrag bekommen, mich zu töten?"

„Ja, aber ich mache es nicht. Noch nicht." Er blieb vor ihr stehen, aber sie sah ihn nicht an, sagte nur:

„Meinetwegen mach es. Ich halte das hier nicht mehr aus. Lieber tot als ein Leben in Gefangenschaft. Lieber tot als noch weiter mit dieser Hexe da oben leben zu müssen!"

„Sag nicht so was", flüsterte Jacob schnell, er warf automatisch einen Blick nach oben, dann sah er sie wieder an. Sie war schön. Sie war wie eine Blume, die lange geschlossen, nun im Begriff war sich zu öffnen. Sie erblühte und zeigte ihm die Schönheit einer Frau. Chiara war mit ihren vierzehn Jahren ein wenig schneller entwickelt, sie hatte bereits mehr als knospende Brüste und ihre Figur

war die einer jungen Frau. Sie sah ihn fragend an, den Kopf ein wenig zur Seite gelegt, die Haare fielen ihr halb ins Gesicht und Jacob begann zu stammeln:
„Ich möchte es nicht. Ich werde es wohl auch nicht tun, aber wenn sie wieder gesund ist ..." ‚er zeigte mit dem Daumen nach oben, „dann wird sie nicht eher ruhen, bis es getan ist. Ich weiß ja auch nicht, was ich machen soll!"
„Willst du ewig mit der Hexe zusammenleben? Sie macht dich klein, sie macht dich minderwertig, ihr Ziel ist es, die Kontrolle über dich zu haben. Merkst du das nicht?"
„Nein, nein, nein!" Jacob hatte sich bei ihren letzten Worten die Ohren zugehalten, nun stampfte er mit dem Fuß auf und rief:
„Sie ist meine Mutter. Sie will nur das Beste für mich. Sie ist nicht böse und sie will nur, dass ich eine Frau bekomme, die für mich sorgen kann!"
Chiara lachte böse auf.
„Na klar, sie ist bestimmt nicht böse. Sie ist eine liebe, gute, alte Omi, die so was von kinderlieb ist ..."
„Sie möchte eben nur das Beste für ihren Sohn ...", sagte Jacob heftig und er versuchte nicht nur seine Mutter zu rechtfertigen, sondern auch sich selbst. Er hatte oft darüber nachgedacht, aber bisher noch nie den Mut aufgebracht, negativ über sie zu denken, geschweige denn darüber zu reden. Nun aber war diese Diskussion unvermeidlich.
„Wenn du so redest, muss ich dich bestrafen. Das weißt du doch?", rief er nun, leicht in der Hoffnung, sie würde sich besinnen, aber Chiara verzog nur verächtlich das Gesicht.
„Wenn das alles ist, was du kannst, dann nur los. Bestrafe mich. Du kannst mir auch nochmals deine Nudel zeigen, wenn du meinst, das würde mich schocken. Hat dir das auch deine Mutter gesagt? Dass du mir ab und zu dein Ding zeigen sollst? Macht es dich geil?"
„REDE NICHT SO!", rief Jacob nun und er rannte hin und her, stampfte erneut mit dem Fuß auf, er wusste nicht mehr, wie er reagieren sollte. Dieses kleine aufmüpfige Ding war schlimmer als alle Mädchen, die er bisher hier gehabt hatte, aber ausgerechnet ihr gegenüber war er wehrlos. Wenn er sie nur ansah, dann quoll sein Herz über, vermischten sich Gefühle, die er nicht kontrollieren konnte, hüpfte sein Herz in einem Rhythmus, den er nie wieder verlieren wollte. Dennoch konnte er sie nicht so reden lassen, wollte er nicht DIESE Dinge aus ihrem Mund hören.
Chiara hatte sich nun aufgesetzt und sah ihn lächelnd an.
„Oh, ich denke, DAS weiß deine Mutter nicht. Du willst dich ab und zu was aufgeilen. Dann zeigst du mir dein Ding und danach? Machst du es dir? Meine Güte ..." Sie packte sich nun mit beiden Händen an die Brüste, drückte sie zusammen und hielt sie in seine Richtung.
„Dann fass sie doch mal an. Dann greif mal zu und es geht noch schneller. Du brauchst es deiner Mutter ja auch nicht zu sagen. Du kannst mich anfassen. Wenn du willst, kannst du dir ja dabei auch einen runterholen."

Er sah sie fassungslos an. So hatte noch nie jemand mit ihm gesprochen, nicht mal ein Mann und diese Worte aus dem Mund dieses Mädchens zu hören, machte ihn einfach sprachlos. Er wusste nicht, was er sagen sollte, was er machen sollte, er starrte nur völlig fasziniert auf ihre Hände, die noch immer ihre Brüste kneteten, dann sah er ihr ins Gesicht.
„Meine Mutter hat recht. Du bist des Teufels. Du bist kein normales Mädchen. Du bist ein Teufel und du hast mich verzaubert. Das ist nicht normal. Das ist auch der Grund, warum ich dich begehre ..."
„Ja klar, ich bin der Teufel und du der liebe Gott? Dann komm, erkläre mir mal, wer WEN hier unten gefangen hält."
Jacob schüttelte leicht den Kopf. Er wollte das nicht hören. Er wollte diese Argumente nicht hören. Seine Mutter hätte sicher etwas Kluges erwidern können, hätte sicher gewusst, wie er reagieren sollte, aber Jacob allein war überfordert. Er war wie vor den Kopf geschlagen.
„Ich sollte dich töten, bevor es zu spät ist ...", flüsterte er heiser und Chiara sah ihn kampflustig an und schrie:
„Bekommst du dann auch einen Steifen? Machst du es dir dann? Los, hol ihn doch raus und zeig ihn mir. Ich wette, er ist dick und hart und du kannst es kaum erwarten, ihn anzufassen!"
Jacob hielt sich wieder die Ohren zu, er war knallrot geworden, bei ihren Worten hatte sein Herz so stark geklopft, dass es fast in den Ohren wehgetan hatte, dann rannte er raus. Er schlug die Türe heftig zu, rannte nach oben und ging zu seiner Mutter. Er wollte ihr nicht erzählen, was Chiara eben getan und gesagt hatte, aber er brauchte einfach ihren Rat. So ging es ja nicht weiter. Dieses kleine Ding machte ihn einfach komplett verrückt.

Ende Juni 1999

Es hatte keinen Zweck. So sehr sie sich auch bemühten, die Kleine weinte nur, war nicht bereit, auch nur ein kleines Stück auf sie zuzugehen. Strafen brachten nichts, Belohnungen ebenfalls nicht und Jacob war verzweifelt. Seine Mutter war von Anfang an der Meinung gewesen, mit diesem Mädchen hätte es keinen Zweck gehabt, nun musste er ihr recht geben.
Sie weinte, war bockig und auch wenn er mit ihr alleine redete, sie ließ sich nicht auf ihn ein. Zuerst versuchten sie es mit harmlosen Strafen. Pia bekam kein Licht. Für ein neunjähriges Mädchen eine harte Sache, es gab ja keine Fenster und die absolute Dunkelheit war für sie der pure Horror, aber sogar das half nicht viel, sie weinte nur noch mehr und weigerte sich danach sogar zu reden. Also gab es Schläge, Essensentzug, sie bekam scharfe Gewürze zu essen und nichts zu trinken, sie wurde nackt in die Duschkabine gesperrt, aber sie besserte sich nicht. Jacob war ratlos. Die Strafen waren sämtlich von seiner Mutter erdacht und ausgeführt worden, er selber war nicht der Herr und Meister wie er gedacht hatte, er war nur ein hilfloses Werkzeug in den Händen von Amalia. Der Monat neigte sich dem Ende und Amalia verlor nun endgültig die Geduld. Pia wurde gesucht. Die Medien berichteten ständig davon, Hundertschaften der Polizei durchkämmten die Wälder, das Fahrrad, das gefunden wurde, gab keine weiteren Hinweise und mittlerweile ging man davon aus dass das Kind nicht mehr leben würde.
„Die haben ja auch recht“, sagte seine Mutter, „die ist so gut wie tot. Die werden nicht mal ihre Leiche finden. Wir brauchen ein neues Mädchen. Es muss älter sein. Formbarer. Kein KIND, sondern in der Phase des Übergangs.“
Jacob nickte nur. Auch wenn er nicht wusste, was genau sie meinte, er war überzeugt, dass sie schon wusste, was sie tat und was gut für ihn war. Für ihn hatte nur ein Wort Bedeutung. ÄLTER. Ja, wenn sie älter war, wenn sie zur Frau wurde, wenn sie begann zu reifen. Er war sexuell hin und hergerissen. Es war eine phantastische Vorstellung, ein Mädchen so zu formen, dass es ALLES für ihn tat. Und was genau das war, das malte Jacob sich immer nur allein in seinem Bett aus. In seinen Träumen, die ihn sogar tagsüber verfolgten, sodass er seiner Erregung nicht mehr Herr wurde. Also beschloss Jacob nun – da Pia so gut wie tot war – ohne Wissen seiner Mutter, seine Erregung ein wenig zu besänftigen. Er wählte dazu einen Samstagabend. Mutter saß vor dem Fernseher und schaute sich eine Familiensendung an, als Jacob wie nebenbei sagte:
„Ich schau mal nach dem Kind. Vielleicht braucht sie ja etwas.“
„Bring sie um, dann haben wir Ruhe!“, rief sie ihm hinterher, aber sie konzentrierte sich weiter auf ihre Sendung. Jacob ging hinunter und als würde er ahnen, dass heute etwas Besonderes passieren könnte, beschleunigte sich sein Puls bereits während des Weges nach unten. Es war wie damals, als er das kleine Kind gefunden hatte. Es hatte einfach in ihm KLICK gemacht und so war es auch diesmal. Er würde es tun. Heute. Er würde das Kind anfassen. Er würde es an Stellen berühren, an denen es noch nie berührt worden war und – die er selber auch noch niemals berührt hatte. Er würde es tun. Er würde sich an ihr abreagieren. Warum auch nicht? Er war doch der Herr? Der Meister? Seine

Mutter war oben und würde ihn nicht stören und selbst wenn Pia schrie, niemand würde es hören, nicht mal seine Mutter.
Als er die Türe öffnete, bekam er schon kaum noch Luft. Die Erregung, die ihn gepackt hatte, war so groß, so überwältigend, dass er kaum noch atmen konnte. Das Kind hockte in einer Ecke neben dem Bett und sah ihn ängstlich an.
„Zieh dich aus!", befahl er, aber sie regte sich nicht.
„Ich habe gesagt, du sollst dich ausziehen!", schrie er nun und baute sich drohend vor ihr auf.
„Ich bin ein Doktor und ich muss dich untersuchen, ob du gesund bist. Wenn du gesund bist, dann kann ich dich entlassen und du darfst wieder nach Hause!", sagte er nun ein wenig versöhnlicher und Hoffnung keimte in dem kleinen Kind auf. Sie stand zögerlich auf, dann zog sie ihre Schlafanzugjacke aus und stand mit freiem Oberkörper vor ihm. Jacob schluckte trocken. Auch wenn sie keine Brüste hatte, es WAR ein weiblicher Oberkörper und Jacob musste sich zwingen, so natürlich wie möglich zu wirken, als er sagte:
„Unten auch."
Sie zog ihre Schlafanzughose aus, dann ihr Unterhöschen und als sie nun nackt vor ihm stand, da wurde Jacob schwindelig. Er hatte noch nie vor einem nackten weiblichen Wesen gestanden, selbst seine Mutter hatte er noch nie nackt gesehen. Ja, es gab Magazine, es gab Filme, er hatte sogar ein Heft bei sich zu Hause mit erwachsenen nackten Frauen, aber das wusste weder seine Mutter, noch benutzte er es oft. Es war wie ein Schatz, den er hütete, ohne ihn zu benutzen. Manchmal, wenn er ganz alleine zu Hause war, dann holte er es hervor, blätterte einige Seiten darin, sah die Frauen darin, dann packte er das Heft schnell wieder weg und machte es sich selber – danach. Nun aber stand er leibhaftig vor einem nackten weiblichen Wesen und wenn es auch nur ein Kind war, es WAR weiblich und Jacob setzte sich heftig keuchend aufs Bett.
„Leg dich mal hier hin, ich muss dich untersuchen", sagte er nun heiser und Pia kam zu ihm, legte sich hin und er sah nun das nackte Mädchen direkt neben sich. Es war kaum auszuhalten. Jacob schwitzte und das Mädchen sah ihn misstrauisch an.
„Du wirst mir auch nicht wehtun?", fragte sie und Jacob schüttelte schnell den Kopf.
„Nein, auf keinen Fall. Ich werde dich nur untersuchen", sagte er, dann fasste er ihr Bein an. Es war so warm, so weich, so vertraut und doch so fremd. Er fuhr mit den Fingern weiter ihr Bein nach oben, aber Pia zog plötzlich ihr Bein weg, bedeckte ihre Scham mit ihren Händen.
„Ich will das nicht", sagte sie und Jacob rauschte das Blut in den Ohren. Er war so nah am Ziel. Er war so dicht dran. Er brauchte nur zuzugreifen. Er brauchte nur zu nehmen, was da vor ihm war. Er wollte nicht mit dem Kind schlafen, er wollte sie nur anfassen, berühren, wollte sie tatsächlich untersuchen, wie ein Kind vielleicht ein Insekt untersuchen würde. Aber sie zierte sich, sie zog die Beine an und sie weinte wieder leise und Jacob verlor die Nerven. Er packte sie ein wenig fester an als er vorgehabt hatte und als sie nun zu schreien begann, da

hatte er Angst, dass seine Mutter es vielleicht doch hören würde und panisch hielt er ihr den Mund zu. Er drückte und drückte und er sah, wie ihre Augen aus den Augenhöhlen traten, er sah den kleinen nackten Körper zappeln und eine Mischung aus Erregung und Erstaunen erfasste ihn, dann sah er, wie sie sich einnässte und danach, wie ihre Beine noch einmal aufzuckten, dann leblos auf dem Bett liegen blieben. Noch immer hielt er ihren Mund zugedrückt, noch immer starrte er auf den nun leblosen Körper. Er drückte sogar noch ein wenig fester, als würde sie jeden Moment so laut schreien, dass es seine Mutter alarmieren würde, aber sie schrie nicht mehr. Sie bewegte sich nicht mehr und ihre Augen waren zwar weit aufgerissen, aber sie blickte ihn nicht mehr an. Sie starrte nach oben, blicklos, ziellos und leer. Jetzt erst nahm er vorsichtig die Hand von ihrem Gesicht, seine Hand hatte fast ihr halbes Gesicht bedeckt und nun sah er, dass sie bläulich angelaufen war. Er schüttelte sie, rief ihren Namen, er versuchte ihr sogar Luft in den Mund zu pusten, aber es klappte nicht und nun erst registrierte er, dass sie tot war.
„Kaputt!“, war das einzige Wort, das ihm dazu einfiel, dann ließ er den kleinen Körper los und stand auf. Er sah auf das nackte Mädchen und mit einem Mal hatte er gar keine Lust mehr, sie an den Stellen zu berühren, nach denen er sich vorher so gesehnt hatte. Im Gegenteil, es machte ihm Angst. Sie war tot, sie war kaputt, nicht mehr zu gebrauchen, sie war nur noch ein leeres Gefäß, die kleine Pia selber war weg. Sie war entkommen. Ihrem Herrn und Meister. Er hatte nur noch den Rest zu entsorgen.
Schwankend stand er auf, verließ den Raum, ohne Pia noch eines Blickes zu würdigen, dann ging er langsam die Treppe nach oben. Als er das Wohnzimmer betrat, sah ihn Amalia fragend an, dann aber schien sie zu begreifen und sie verzog das Gesicht zu einem hässlichen Grinsen, wobei ihre dünnen Lippen bläulich aufleuchteten. Sie leckte sich über die Lippen und sagte:
„Nun, ich hoffe, du hast deinen Spaß gehabt und nun sieh zu, wie du die Schweinerei entsorgst!“

Oktober 2010

Es ist immer ein seltsames Gefühl für einen Menschen, wenn er seiner Freiheit beraubt wird. Ob es nun in einer luxuriösen Umgebung geschieht, oder in einem Verließ. Der Mensch sehnt sich danach frei zu sein, sich bewegen zu können wie er will, gehen wohin er will, einen Raum zu verlassen, wann er es möchte und für ein junges Mädchen galt das erst recht. Chiara war mit ihren vierzehn Jahren reifer als andere Mädchen und sie war abgeklärter. Sie wusste, was auf sie zukommen würde, sie wusste, dass sie mit einem Bein bereits im Grabe stand und sie wusste, dass sie sich wehren würde, wenn es soweit war.
Sie hatte Jacob auch schon lange durchschaut. Bereits nach wenigen Tagen hatte sie gemerkt, dass ER es nicht war, der hier das Sagen hatte, er nur ein Spielball seiner Mutter war. Sie glaubte, dass eine Rettung nur über ihn, über eine Intrige von ihr gelingen konnte und so spann sie in Gedanken ihre Fäden. Sie musste einen Keil zwischen ihn und seine Mutter treiben, sie musste versuchen, ihn auf ihre Seite zu ziehen, nur so war er keine Gefahr mehr für sie. Er würde alles machen, was seine Mutter ihm auftrug und dass er sie bisher noch nicht getötet hatte, war ein beachtlicher Erfolg. Sie hatte sogar mitbekommen, wie sie miteinander wegen ihr gestritten hatten und Jacob hatte Partei für Chiara ergriffen. Ein weiterer großer Erfolg.
Sie sann darüber nach und überlegte, was weiter zu tun war. Sie musste es schaffen, dass er IHR vertraute. Dass er IHR glaubte, was gut für ihn war und sie ahnte, wie sie das schaffen könnte. Angst und Schrecken waren keine guten Hilfen. Sie würde einfach das Heft übernehmen und ihn locken. Sie war noch jung, aber sie wusste schon, welche Wirkung ihr junger Körper auf ihn hatte. Sie wusste, WAS er wollte und WAS er brauchte. Auch wenn es ihr davor ekelte, sie war bereit, den Einsatz für ihre Freiheit zu erhöhen.
Es war Mittag und er würde bald von der Arbeit kommen. Seine Mutter kam schon lange nicht mehr zu ihr hinunter, sie schrien sich nur an und da Chiara stärker war als diese alte Frau und weil Amalia ihr keine Angst mehr machte, kam sie erst gar nicht mehr hinunter.
Chiara lächelte böse, dann ging sie in den Waschraum. Sie bürstete ihre Haare, dann machte sie sich zwei Zöpfe und band die Haare damit nach hinten. Sie hatte keine besondere Kleidung da, also entschied sie sich einfach für ein von Jacob gekauftes Unterhemd, das sie ohne etwas darunter anzog. Weiter zog sie sich eine kurze Hose an. Es war zwar Winter, aber im Raum war es immer sehr warm und diese Hose lag – neben vielen anderen Kleidungsstücken, bei denen sie gar nicht wissen wollte, woher sie kamen – einfach so im Schrank.
Anschließend betrachtete sie sich ihr Ergebnis. Sie war nicht sexy, aber es kam der Sache ein klein wenig näher. Ihre Brüste waren unter dem Unterhemd klar zu erkennen und wenn sie sich ein wenig bewegte, gewährte sie Jacob sicher die besten Einsichten. Sie blieb barfuß, ihre Schuhe waren alt und zerschlissen und

die Schuhe, die es hier gab, passten ihr nicht. Jetzt hieß es warten. Sie hätte sich noch gerne geschminkt, aber diese Sachen gab es hier nicht. Nur Spielzeug für Kinder, doch damit konnte sie schon lange nichts anfangen. Jacob wusste ja auch nichts über ihre Herkunft. Er wusste weder aus welchem Zuhause sie kam, noch welche Erziehung sie genossen hatte. DAS war ihr Geheimnis. Er wusste nicht, welche Erfahrungen sie bereits hatte, wusste nicht, dass sie eigentlich schon Schlimmeres erfahren hatte als diese Entführung und das sollte auch ihr Geheimnis bleiben.
Chiara war jung, aber sie hatte eine harte Kindheit hinter sich. Aufgewachsen in einer ärmlichen Gegend, arbeitslose Eltern und mehr Prügel als Essen hatten sie abgehärtet. Es hatte sie überhaupt schon gewundert, dass nach ihr gesucht wurde. Sie hatte es mitbekommen, als Jacob sich mit seiner Mutter darüber unterhalten hatte. Normalerweise waren ihre Eltern doch froh, wenn sie Chiara los waren? Aber sie hatte es erfreut zur Kenntnis genommen. Jetzt hieß es nur noch, hier zu überleben. Sie war bereit, einiges dafür in Kauf zu nehmen, sie wusste genau, was sie zu tun hatte. Es kam jetzt nur noch darauf an, wie Jacob reagieren würde. Er war wie eine Zeitbombe, man wusste nicht, wann er hochging und niemals, in welche Richtung der Sprengsatz zünden würde.

September 1999

Es war nun etwas her, seit die Sache mit Pia passiert war und noch immer litt er darunter. Es verfolgte ihn in seinen Träumen, es raubte ihm immer noch kleine Stücke seiner Seele. Immer wenn er an sie dachte, ging ein weiteres Stück davon verloren und Jacob versuchte stärker zu werden, versuchte wie seine Mutter darüber zu denken, versuchte es ganz hinten in seinen Kopf zu verbannen. Doch auch wenn es so aussah, als würde es ihm gelingen, er wusste, dass er für immer einen kleinen Teil seines Ichs verloren hatte.

Seine Mutter hatte ihm nicht geholfen. Nicht bei der Zerstückelung der kleinen Leiche, nicht bei der Entsorgung und nicht bei der anschließenden Verarbeitung seiner Probleme. Es war so schwer für ihn gewesen und seine Mutter hatte ihn immer nur einen Schwächling genannt. Sie gab die Anweisungen, Ratschläge und wertvollen Tipps, aber die Sauerei, die musste er alleine erledigen. Er hatte zwei Tage gebraucht, bis er wieder den Keller betreten konnte.
Pia hatte dagelegen wie er sie verlassen hatte. Still auf dem Bett, den Blick an die Decke gerichtet. Jacob musste trocken schlucken, seine Augen brannten und er wendete den Blick ab, aber dann hatte er den kleinen Körper genommen, ihn in Decken gewickelt und in die Garage gebracht. Er hatte den kleinen Körper dann mit seiner Säge in kleine Stücke zerteilt, wobei er nicht mal daran dachte, WAS er da zerteilte. Sie blutete nicht mehr, es war einfacher als er dachte und bei den Knochen half er ab und zu mit einem Beil nach, aber dann war es geschafft. Die Einzelteile hatte er in feste Müllbeutel gepackt, dann waren alle Beutel in seinem Kofferraum verschwunden. Danach war Jacob duschen gegangen. Seine Mutter sah ihn an, sagte aber nichts und erst als er nickte, meinte sie:
„Na also. Wurde Zeit, dass du erwachsen wirst. Denke mal, es war eine lehrreiche Lektion. Der Mensch ist ebenso ein Gebrauchsgegenstand wie alles andere. Nur weil wir uns lieben, sind wir etwas Besonderes. Aber andere werden dich immer nur behandeln, als wärest du ein Ding. Eine Sache. Wenn du ihnen nicht mehr von Nutzen bist, wirst du entsorgt. Also lerne endlich, genauso zu handeln und zu denken. Das kleine Balg da war zu nichts mehr nutze, jetzt entsorge es endlich.“
Jacob nickte, dann ging er in die Garage und stieg in sein Auto. Er fuhr weit, wusste nicht mal, in welche Richtung es ihn führte, er war in Gedanken weit zurück, sah verschiedene Bilder, die wie ein Film vor seinen Augen aufflimmerten, ihn an etwas erinnerten, aber er konnte keinen festen Zusammenhang finden. Er fuhr einfach, irgendwann war er auf der Autobahn und er fuhr langsam Kilometer um Kilometer und seine Gedanken waren voller Traurigkeit. Jacob dachte über Vergänglichkeit nach. Wenn er tot war, würde seine Mutter sicher schon lange nicht mehr leben. Was war dann? Es gab keine Kinder, keine weiteren Verwandten mehr. Es war Aus. Vorbei. Ende. Es gab nichts mehr, was einen Sinn haben würde. Nur wenn er eine Frau fand, nur wenn er Kinder zeugen würde, nur wenn er Nachkommen hätte, würde seine Existenz überhaupt einen Sinn machen. So wie der seiner Mutter. Sie war ja für IHN da. Sie lebte für ihn. Er würde auch für seine Kinder leben wollen. Es war eine gute Aufgabe, eine Aufgabe, die dem Leben einen Sinn gab. Er war froh, dass er Mutter hatte. Er war froh, dass sie sich so um ihn kümmerte, aber es wurde auch Zeit, für sich selber zu sorgen.
„Ich brauche eine Frau“, sagte er sich nun entschlossen und jetzt wurde ihm auch wieder seine traurige Beiladung bewusst und er schüttelte den Kopf, murmelte:

„Falsche Frau. Schlechte Frau. Keine gute Nachkommenschaft. Mutter hat recht.“
Es bestärkte ihn in dem, was er nun tat und gab ihm die Kraft dafür. Jacob bog von der Autobahn ab, fuhr noch einige Kilometer eine Landstraße entlang und hier, wo er nicht mal wusste, wo er war, beschloss er, seine Last zu entsorgen. Es war eine einsame Gegend, selten kam ihm ein Auto entgegen und er suchte nun nach einer geeigneten Stelle. Er hatte vorgehabt, die Beutel im Wald zu vergraben. Tief genug, damit kein Wild es hervorzerren konnte, weit genug im Innern des Waldes, damit kein Spaziergänger die frisch aufgeworfene Erde entdecken könnte. Aber es waren einige Beutel und er würde mehrmals gehen müssen und das war wieder eine Gefahr. Fast zufällig sah er nun das kleine rothaarige Mädchen, das mit einem anderen Kind an einem Bach spielte. In der Ferne sah er die Dächer von einigen Häusern, aber weitere Personen, insbesondere Erwachsene, sah er nicht. Hektisch leckte er sich über die Lippen. Das Mädchen sah klein und schmächtig aus, aber er sah auch Ansätze von Brüsten, also war es kein Kind mehr in diesem Sinne. Vielleicht zwölf? Oder vielleicht ein wenig älter, aber keinesfalls jünger. Nachkommen. Familie. Die perfekte Frau. War sie es? Das andere Kind war jünger, wesentlich jünger und ebenfalls ein Mädchen. Beide warfen Steine ins Wasser, lachten und Jacob fuhr langsam auf die Böschung der Wiese, ließ den Wagen ausrollen, stellte den Motor ab und beobachtete die Umgebung. Niemand da, außer den beiden Kindern. Aber wie sollte er an die eine herankommen, ohne die andere ebenfalls mitzunehmen oder zu beseitigen? Sollte er etwas anderes suchen? Aber die Gelegenheit war günstig. Sie war hübsch, soviel konnte er von hier aus erkennen, auch wenn er ungefähr dreißig Meter entfernt war. Noch hatten die beiden Mädchen das Auto nicht bemerkt, zu sehr waren sie mit ihrem Spiel beschäftigt. Jacob dachte an seine Beiladung, die in Mülltüten immer noch darauf wartete, entsorgt zu werden. Vielleicht sollte er diese erst entsorgen und DANN nach weiteren Mädchen Ausschau halten? Aber würde er so schnell wieder etwas Geeignetes finden? Bei dem Gedanken, erneut ein Mädchen im Keller, in seiner Gewalt zu haben, raste sein Puls. Seine Mutter wäre erfreut und er hätte wieder etwas zum Hoffen. Eine Aufgabe. Sicher würde er kein Kind mehr töten müssen, sie würde einfach perfekt sein MÜSSEN. Seine Gedanken überschlugen sich. Was war zu tun?
Gott muss ein grausamer alter Mann sein, jedenfalls spielte das Schicksal wieder Jacob den Ball zu, denn er sah nun, wie die Mädchen sich verabschiedeten. Die Jüngere winkte, lachte und dann hüpfte sie davon, die Ältere, SEINE Rothaarige, warf noch einige Steine ins Wasser, dann ging sie in die andere Richtung davon. Jacob dachte nicht mehr nach, er handelte nur noch instinktiv. Er stieg leise aus dem Auto aus, dann rannte er gebückt um eine kleine Ansammlung von Bäumen, versuchte dem Kind den Weg abzuschneiden, was ihm auch gelang. Er näherte sich ihr nun von der entgegengesetzten Seite und dann richtete er sich auf, machte ein fröhliches Gesicht und als er sie dann sah, tat er total überrascht, ja sogar ein wenig erschrocken.

„Meine Güte!", rief er und lachte. „Ich dachte, ich wäre alleine hier. Weiß du, wo eine Tankstelle ist? Ich denke, mir ist das Benzin ausgegangen."
Aber das Kind schaute ihn nur misstrauisch an, blieb stehen und sah in alle Richtungen. Nun konnte sie seinen Wagen auch sehen, der aber in einer ganz anderen Richtung stand, als aus der Jacob gekommen war. Sie sagte immer noch nichts und Jacob versuchte ganz harmlos zu wirken, als er sagte:
„Nur keine Angst, ich bin kein Böser. Ich brauche nur einen Kanister Sprit, kenne mich hier aber nicht aus."
„In der anderen Richtung. Ungefähr drei Kilometer, da ist eine Shell", sagte das Mädchen und Jacob hörte mit Freude die Reife in der Stimme des Kindes. Sie klang hell, aber nicht kindisch, sie klang reif, also war sie mindestens dreizehn oder sogar vierzehn Jahre alt. Er nickte, wollte ihr nicht noch mehr Angst machen und wandte sich müde um.
„Also bin ich in die falsche Richtung gegangen? Mannomann. Jetzt muss ich also wieder zurück", sagte er, dann bückte er sich und setzte die Hände auf seine Oberschenkel, als müsse er verschnaufen. Das Mädchen hatte sich immer noch nicht bewegt, stand still und beobachtete ihn. Würde sie schreien? Würde sie sich wehren? Anzunehmen. Sie war kein Kind mehr. Jacob schüttelte den Kopf, als würde er sich über seine eigene Dummheit ärgern, dann fragte er:
„Kannst du mir wenigstens sagen, wie viel Uhr es ist? Ich habe nämlich auch meine Uhr im Auto vergessen!"
Die Kleine schaute auf ihre Armbanduhr und Jacob nutzte diesen Moment, um sie genauer zu betrachten. Sie hatte rote Locken, die ihr bis auf die Schultern fielen, sie trug ein Sommerkleid und einfache Sandalen, das Kleid bauschte sich im leichten Wind ab und zu auf. In ihrem Gesicht wucherten überall Sommersprossen und ihre Lippen waren rot als wäre sie geschminkt. Sie war jetzt schon perfekt. Sein Herz raste und Schweiß brach ihm aus. Er stellte sich vor wie es wäre, wenn er Gewalt über sie hätte. Wenn sie vor ihm liegen würde, wenn sie Angst vor ihm hätte, wenn er ihr befehlen könnte, WAS ER WOLLTE. Es war eine herrliche Vorstellung. Jacob versuchte das Zittern in seiner Stimme zu verbergen, als er bemerkte:
„Ich denke, ich werde erst mal zum Auto gehen und meine Uhr holen, dann kann ich immer noch zur Tanke laufen." Er ging nun absichtlich nicht in ihre Richtung, sondern ein wenig von ihr entfernt vorbei. Er wollte den Winkel verkürzen für einen Überraschungsangriff. Er würde für jeden Meter dankbar sein. Er ging links von ihr vorbei und als er schon fast an ihr vorüber war, als er sie fast passiert hatte, da warf er sich vor, sprang sie an und sie schrie überrascht auf. Er riss sie zu Boden und das Mädchen wehrte sich, zog ihm ihre Fingernägel quer durch das Gesicht, aber Jacob spürte es nicht. Es gab wichtigere Dinge. Er hatte, bevor er zum Sprung ansetzte, sein Tuch aus der Hosentasche geholt und das steckte er ihr nun mit Gewalt in den Mund, dann hielt er ihre Hände fest. Sie trat um sich, ihren Kopf warf sie hin und her, aber Jacob war stärker. Er hielt ihre beiden Hände nun mit einer Hand, holte seine Plastikbänder heraus, dann fesselte er ihre Hände. Er sah sich schnell um und als

er niemanden sah, packte er sich das Kind, warf es sich über die Schultern und er spürte auch ihre Tritte nicht, als er zum Auto lief. Er öffnete den Kofferraum, warf sie neben die Beutel, dann fesselte er ihr noch die Beine und als sie perfekt verschnürt war, haute er die Klappe wieder zu. Schnell setzte er sich ins Auto und nun erst entdeckte er die blutige Schramme, die ihm das Kind verpasst hatte. Von der Stirn über das Auge bis hin zum Mundwinkel links ging der Kratzer und an einigen Stellen blutete es sogar. Doch Jacob fluchte nicht, er grinste. Das wäre sicher eine gute Gelegenheit, um seinen Arbeitskollegen eine tolle Geschichte zu erzählen. Seiner Mutter würde er von einem harten Kampf berichten, damit sie stolz auf ihren Sohn sein würde und er lächelte sich im Spiegel voller Heldenmut zu.
Als er den Wagen wieder auf die Landstraße lenkte, dachte er an die Beutel. Die mussten noch verschwinden. Aber er hatte keine Zeit mehr, lange nach einer geeigneten Stelle zu suchen und so fuhr er kurz vor der Autobahn an eine Tankstelle. Er suchte einen Augenblick, dann sah er die Container. Abfallcontainer, die etwas abseits standen. Seine Beutel waren nicht blutig, sie waren klein und fest und sauber, außerdem würden sie nicht direkt zerreißen. Es würde gar nicht auffallen. Er fuhr rückwärts an einen der Container heran und dann warf er schnell alle Beutel hinein. Er trug dabei nicht mal Handschuhe, er kam nicht auf den Gedanken, dass er entdeckt werden könnte. Er entsorgte lediglich seinen Müll und dann fuhr er weiter. Auf der Autobahn fuhr er nun etwas schneller, er wollte nach Hause. Er wollte seiner Mutter seinen Erfolg berichten. Er hatte nicht nur Pia entsorgt, sondern direkt noch eine neue perfekte Frau mitgebracht. Diese hier war genau nach seinem Geschmack, sie hatte das richtige Alter, jetzt brauchte sie nur noch die richtige Erziehung.

Oktober 2010

Chiara hörte ihn kommen und nun galt es durchzuhalten. Sie setzte sich in Positur und achtete auf seine Schritte. Sie hielt ein Buch, lag auf dem Bett, ein Bein angewinkelt, das andere weit ausgestreckt. Ihr Oberkörper war halb gedreht, sie sah in das Buch und sie wusste, jeder, der den Raum betrat, würde eine Brust von ihr sehen können, das Unterhemd fiel nach unten und gab den Blick auf eine hängende Brust von ihr frei.
Sie sah nicht einmal auf, als Jacob den Raum betrat, sie hörte ihn nur, ahnte wie er dastand und sie begaffte. Nun bekam er ja etwas zu sehen. Sie wartete noch einen Moment, dann lehnte sie sich zur Seite, sah ihn verwundert an und musste ein Lachen unterdrücken. Jacob stand da wie zur Salzsäule erstarrt. Er bewegte sich nicht, sein Kopf war hochrot und er starrte sie an.
„Na? Bist du wieder gekommen, um mich zu töten? Oder willst du diesmal was anderes?“ Sie gurrte die letzten Worte und die Reaktion blieb nicht aus. Jacob stotterte etwas, als er sagte:
„Ich wollte nur nach dem Rechten sehen. Ob dir nichts fehlt. Meine Güte, zieh dir doch was Richtiges an. Man kann ja alles sehen.“
„Und? Gefällt es dir, was du da siehst?“, fragte sie und ein zuckersüßes Lächeln glitt über ihr Gesicht. Noch immer hatte sie ihre Position so einbehalten, dass er alles sehen konnte. Eine Brust von ihr hing frei, er konnte in ihr Unterhemd hineinsehen und diese Brust offen anblicken.
„Ja, sicher, es gefällt mir schon, aber wenn Mutter wüsste ...“
„Mutter. Immer wieder Mutter. Willst du sie auch dabeihaben, wenn du mal Kinder zeugst? Soll sie dir dann Anweisungen geben? Ich denke, du bist alt genug, um auch mal was alleine zu machen, alleine zu entscheiden. Komm, setz dich zu mir. Du kannst sie ruhig auch mal anfassen.“ Sie drehte sich nun ganz zu ihm um, das Unterhemd hatte sie beiseitegeschoben und sie präsentierte ihm nun offen ihre nackte Brust. Es war eine Einladung, die er so nicht ablehnen konnte. Sein Atem ging stoßweise, er röchelte, das Blut rauschte in seinen Ohren. Er hätte jetzt nicht mal seine Mutter rufen gehört. Langsam kam er näher. Er setzte sich auf das Bett und war nur noch wenige Zentimeter von ihr entfernt. Er sah sie kurz an, als würde er einen bösen Plan ahnen, als misstraute er ihr, aber sie machte keine Anzeichen sich zu wehren oder ihn anzugreifen, im Gegenteil, sie warf ihren Kopf ein wenig zurück und präsentierte ihre Brust noch offener. Sie war apfelgroß, stand fest und die Warze war dunkelrot und aufgerichtet. Jacob sah fasziniert hin und dann kam seine Hand vorsichtig näher. Er zuckte noch einmal kurz zurück, als wäre dies alles hier nur ein böses Spiel, dann berührten seine Finger die Brust. Sein Zeigefinger strich zart darüber und Chiara stöhnte gekonnt auf. Er verharrte an ihrer Warze, dann nahm er die ganze Brust in eine Hand. Auch er stöhnte nun auf und sie musste ein Lachen unterdrücken. Sie zeigte ihm nun den Hals, ihr Kopf war ganz weit nach hinten gebogen und sie flüsterte:
„Nimm sie in den Mund. Küsse sie. Leck sie. Komm, ich warte ...“
Und Jacob küsste die Brust. Er küsste sie so, wie er die Lippen seiner Mutter küsste. Mit geschlossenen Lippen, als würde er der Brust Gute Nacht sagen.

Chiara fasste ihm in den Nacken, drückte seinen Kopf nun gegen ihre Brust und sie stöhnte nochmals auf, als wäre dies der höchste Genuss, den sie je erfahren hätte. Jacobs Kopf drückte sich in die Brust hinein und er stöhnte gequält auf. Er nahm nun ihre Warze in den Mund und saugte daran, als wäre er ein Kleinkind, dennoch, Chiara seufzte lustvoll. Nun fühlte sie seine Hände an ihrem Rücken. Er streichelte sie und sie drückte ihr Kreuz durch.
„Nimm auch die andere“, flüsterte sie und jetzt fühlte sie, wie er nach der anderen Brust griff.
„Nimm sie beide“, sagte sie und er knetete sie nun, stöhnte dabei und fast glaubte sie, ihn weinen zu hören. Nun packte sie ihr Unterhemd, hob die Arme und zog es sich über den Kopf. Sie war nun oben ohne und Jacob starrte sie an. Er dachte nicht mehr an seine Mutter, seine Gier war grenzenlos. Er fasste sie nochmals an, dann aber krümmte er sich und er stöhnte auf, schrie fast und dann brach er auf ihrem Schoß zusammen.
„Ist gut, ist schon gut. Nicht schlimm. Beim nächsten Mal. Du kommst einfach zu schnell. Du musst dir mehr Zeit lassen ...“, flüsterte sie und tätschelte ihm den Kopf, strich ihm über die Haare und Jacob weinte leise.
Nach einigen Augenblicken hatte er sich gefasst, erhob sich wieder und sah peinlich berührt auf den Fleck, der sich in seinem Schoß gebildet hatte. Chiara lächelte ihn an.
„Das macht doch nichts. Mach es sauber. Wenn du willst, kannst du mich jederzeit anfassen und mehr ... du kannst mich auch da unten berühren oder küssen. Du musst es nur sagen. Ich mag das bei dir ...“
Jacob nickte. Er wirkte wieder erregt, obwohl er erst eben gekommen war. Dennoch stand er auf
„Ich muss hoch zu Mutter. Sie hat Schmerzen und sie braucht mich. Aber – DANKE – es war schön ...“
Er lächelte sie an und sie lächelte zurück. Es war ein Sieg auf voller Länge. Sie hatte den Part gewonnen. Niemals würde er zerstören, was ihn glücklich machte. Und die alte Hexe da oben machte ihn schon lange nicht mehr glücklich. Das war nur Abhängigkeit und Angst. Sie musste ihm zeigen, dass sie mehr konnte, dass sie ihn besser und länger glücklich machen konnte. Das die Alte eine Gefahr für ihn war, dass sie der bessere Part für ihn war. Wenn er das einsah, konnte sie daran gehen, den nächsten Schritt in ihrem Plan zu verwirklichen. Eine überstürzte Flucht brachte nichts. Es war zu gefährlich. Es musste hundertprozentig klappen und es durfte nichts schiefgehen. Aber da war noch etwas anderes. Etwas, das sie fast erschrecken ließ. Sie hatte Spaß an dem Plan, sich zusätzlich noch zu rächen.

September 1999

Es war ein gelungener Abend gewesen. Seine Mutter hatte vor Freude in die Hände geklatscht und ihn nicht nur gelobt, sondern ihm sogar etwas versprochen. Wenn dieses Kind gut war, dann würde er sie heiraten können. Sie würde dafür sorgen. Als Mutter dieses rothaarige Kind gesehen hatte, war sie begeistert gewesen.
„Rot ist wild und klug. Das ist eine gute Wahl. Man muss sie zähmen, aber wenn sie soweit sind, dann sind sie perfekt. Das hast du gut gemacht, mein Junge ... Dein Kratzer, den du da hast, wird dich ewig an sie erinnern. Es ist wie eine Kriegsverletzung ..."
Doch als er ihr erzählte, wie er Pia losgeworden war, da hatte sie das Gesicht verzogen und ihn getadelt, aber die Freude über das neue Mädchen war größer gewesen als ihr Groll und so war es ein wunderschöner Abend geworden. Sie hatten die Kleine beide in den Keller gebracht, ihr alles gezeigt und sogar Verständnis dafür gehabt, dass sie nur geweint und geschrien hatte. Es war ja so neu und irritierend am Anfang, selbst Mutter hatte es eingesehen.
„Morgen wirst du mit ihr reden und mit der Erziehung beginnen, dann wird sie schnell einsehen, was gut für sie ist", hatte sie gesagt, danach war sie zu Bett gegangen.
Jacob hatte lange wach gelegen. Die Freude über das neue Wesen war groß, aber er sah immer wieder Pia vor sich. So etwas wollte er nie wieder tun müssen. Es war ein lebender Mensch gewesen. ER hatte sie getötet und nun war sie einfach Abfall in irgendeinem Müllcontainer. Aber in diesem Container lag auch etwas von ihm. Ein Stück Gefühl, ein Stück seiner Seele, ein Teil von ihm und er hatte diesen Teil genauso getötet wie er Pia selbst getötet hatte. Es war für immer verloren, begraben und er würde es nie rückgängig machen können. Aber er fühlte, dass er immer danach trauern würde. Egal, was passieren würde. Erst spät in der Nacht gelang es ihm, an die Neue zu denken, ohne diese Trauer zu spüren. Die Freude stellte sich spät ein, kam nicht richtig durch und er hatte Angst, nie wieder diese echte, diese wahre Freude erleben zu dürfen, aber dann war er eingeschlafen.
Der nächste Tag war ein Samstag und er brauchte nicht zur Arbeit. Er freute sich darauf, dem Kind das Frühstück zu bringen und er freute sich darauf, ihren Körper bewundern zu können. Nachdem Mutter alles auf ein Tablett gestellt

hatte, nachdem sie selber gefrühstückt hatten, ging er alleine zu ihr in den Keller. Mutter hatte ihn noch wohlwollend angesehen, dann hatte sie lächelnd die Kellertüre hinter ihm zugemacht. Er war laut die Treppen hinunter gegangen, schließlich wollte er sie nicht erschrecken. Sie war nicht mehr gefesselt, doch eingeschlossen und er musste das Tablett erst abstellen, um die Türe zu öffnen. Als er die Türe ein Stück aufschob, da flog sie ihm fast entgegen und er prallte zurück, fiel gegen das Tablett und schon wollte das Mädchen an ihm vorbeilaufen, aber er bekam ihren Fuß zu packen und hielt sie zurück. Sie war schnell, aber der Treppenaufgang war zu schmal und so zog er sie Stück für Stück von der Stufe.
„Du kleiner Teufel“, fauchte er, aber es klang nicht böse. Er wusste, was sie für ein Temperament hatte, wusste, wie wild sie war und freute sich darüber. Er packte sie und drückte sie zurück in den Kellerraum, dann schloss er hinter sich die Türe. Als er sie gepackt hatte, war er mit ihrem Körper verschmolzen gewesen, hatte ihren Körper gefühlt, die Weiche, die Wärme, die Weiblichkeit und er war maßlos erregt gewesen. Nun stand er keuchend vor ihr. Sie starrte ihn zornig an, ihre Haare hingen wirr in ihrem Gesicht.
„Nun gut, wenn du nicht gefügig bist, werde ich dich eben fesseln müssen“, raunte er, dann fiel er lachend über sie her. Sie wehrte sich, er achtete darauf, keine erneuten Kratzer zu bekommen und es dauerte nicht lange, da hatte er sie wieder mit Plastikbändern verschnürt. Schreien konnte sie zwar noch, aber das war hier egal. Niemand würde sie hören. Sie spuckte, fauchte wie eine Wildkatze, aber er stand – völlig außer Atem – vor ihr und lachte.
„Ja, das wird eine richtige Dressur. Aber wenn es soweit ist, dann wirst du meine Frau!“, rief er und er fühlte immer noch ihren Körper, wie sie ihn berührt hatte, wie ihre Wärme auf ihn übergegangen war und mit einem Mal wurde ihm heiß und er hatte das Gefühl, etwas zu machen, was er noch nie getan hatte. Etwas das seine Macht demonstrieren würde. Etwas das ihr zeigen würde, WER der Herr war und ihm fiel nichts anderes ein, als seine Hosen herunterzulassen. Er zog sie herunter, präsentierte ihr sein erigiertes Glied und sie verzog angewidert das Gesicht, wendete es von ihm ab.
„Schau her. SO gern habe ich dich. Und du wirst dich dran gewöhnen müssen. Du gehörst MIR. NUR MIR und ich kann machen, was ich will. Ich kann mit dir tun und lassen WAS und WANN ich es will. Du solltest es schnell akzeptieren.“
Das Mädchen sah voller Hass zur Seite und Jacob ärgerte sich. Sie sollte ihn ansehen, sollte ES sehen, sollte sehen, dass er ein Mann war. Er zog sich nun die Hosen ganz aus, stellte sich so vor sie hin, dass sie es sehen musste, aber sie kniff ihre Augen zusammen, gleichzeitig presste sie ihre Lippen zusammen, als würde sie nichts sehen und sagen und hören wollen. Er ging zu ihr und versuchte ihre Augen zu öffnen, aber sie drehte wild den Kopf hin und her. Jacob sah ihren Körper und ihre Beine, ihre Oberschenkel und er konnte nicht anders, er fasste sich selber an. Er stellte sich vor sie hin und dann onanierte er. Er stöhnte dabei und brabbelte irgendwelche Wörter vor sich her.

„Ja, du wirst meine Frau. Wir werden Kinder haben. ICH werde dir Kinder machen ..."
Er fühlte es kommen, er fühlte, wie er einem Höhepunkt entgegenfieberte und dann flog die Türe auf. Seine Mutter stand da, die Reste des umgeworfenen Frühstückstabletts lagen hinter ihr und sie sah fassungslos auf Jacob, dann auf das Mädchen.
„Ja, bist du total verrückt geworden?", flüsterte sie fast heiser, dann rannte sie auf Jacob zu und ohrfeigte ihn. Sie schlug ihn wie einen kleinen Jungen, der etwas Böses getan hatte, sie schlug auf ihn ein und er krümmte sich, schämte sich ob seiner Nacktheit und das rothaarige Mädchen sah der Szene mit ungläubig aufgerissenen Augen zu.

Jacob rannte nach oben und Amalia befreite das Mädchen von den Fesseln. Sie entschuldigte sich sogar für Jacobs Benehmen, dann ließ sie das Mädchen alleine zurück, schloss sorgfältig ab und ging grimmig die Stufen nach oben. Jacob war auf sein Zimmer gerannt und hatte sich eingeschlossen. Er weinte, schämte sich und verstand die Welt nicht mehr. Seine Mutter forderte ihn auf zu öffnen, hämmerte auch vor die Türe, aber Jacob öffnete nicht. Diesmal widersetzte er sich ihr, er lag auf dem Bett und hatte sich ein Kissen über den Kopf gezogen, drückte es gegen seine Ohren und das Blut rauschte wieder wie wild in seinem Kopf.
Den Rest des Tages verbrachte Jacob auf dem Zimmer, erst gegen Abend kam er wieder hervor. Er sah seine Mutter verdrießlich an, aber sie sagte nur:
„Du solltest mal nach unten gehen. Sicher hat sie Hunger und Durst. Gib ihr was und dann komm wieder hinauf. Wir müssen reden."
Er nickte nur, dann nahm er das Tablett, welches die Mutter wieder neu belegt hatte und ging nach unten. Diesmal war er vorsichtiger. Er horchte zuerst, dann schloss er vorsichtig auf, machte die Türe nur einen Spaltbreit auf, aber als keine Reaktion kam, machte er die Türe ganz auf. Diesmal fiel ihm das Tablett von selber aus der Hand. Er schüttelte fassungslos den Kopf, dann weinte er, heulte auf und schrie:
„NEIN, NEIN, bitte tu das nicht."
Aber es war zu spät. Das rothaarige Kind, dessen Namen sie nicht mal wussten, hatte sich mit einer Kordel an einem Wasserrohr an der Decke erhängt. Sie hing da und glotzte ihn mit aufgerissenen Augen an, ihre Füße schwangen noch leicht hin und her und Jacob konnte es nicht fassen.

Oktober 2010

„Du hast einen guten Kern. Jeder hat einen guten Kern und du ganz besonders. Du darfst nur nicht immer auf deine Mutter hören. Sie will nur dein Bestes, aber darüber hinaus hat sie vergessen, was einen Menschen ausmacht.“
Jacob saß zu ihren Füßen vor dem Bett, Chiara darauf, ihre Hand war in seinem Haar und sie streichelte ihn wie einen treuen Hund. Jacob hörte ihr zu, er brauchte nicht zu reden. Es tat ihm einfach nur gut. Diese Zuwendung. Diese Art von Zärtlichkeit, es war so anders als alles, was er bisher erfahren hatte. Dieses Mädchen hier gab ihm etwas, das seine Mutter ihm nicht geben konnte. Etwas, das er von ihr auch nicht haben wollte. Und dennoch – der Gedanke sich gegen seine Mutter zu stellen, war schier unvorstellbar. Sie war doch mit ihm verbunden wie das Blatt mit dem Ast? Undenkbar sich dagegen aufzulehnen. Aber er würde Chiara nicht töten. Dessen war er sich sicher. Aber freilassen konnte er sie auch nicht. War sie vielleicht bereits die perfekte Frau? War die Verwandlung gelungen, ohne dass er es bemerkt hatte? Würde er ihre Fehler, ihre Eigenarten akzeptieren können? Tief in sich wusste er die Antwort bereits, er würde sie gerne so nehmen wie sie war, wenn sie ihn nur weiter lieb haben würde. Er wäre gerne ihr Diener, nicht ihr Herr. Er würde ihr gerne Wünsche erfüllen und nicht umgekehrt. Jacob war zutiefst verwirrt und das war gefährlich für ihn. Hatte Mutter doch recht? Hatte sie ihn verzaubert? Verhext wie all die Frauen da draußen? War sie nur eine Gefahr für ihn? Etwas, das ihn zerstören, ausnutzen, vernichten wollte? Aber wie konnte etwas böse sein, das so süß war? War es die Versuchung?
Jacob streckte sich nun aus, die Beine weit von sich, lehnte den Kopf gegen ihre Beine und genoss die Berührung. So warm. So weich. So weiblich. Seine Wange berührte ihre Beine und er schloss die Augen. Ihre Hand war in seinem Haar und er lauschte ihrer Stimme.
„Du musst ein Mann sein. Ein Mann, der weiß, was er will. Du willst doch MICH? Und du musst dich entscheiden. Sie oder ich. So weh es tut, so hart es klingt. Du musst sie ja nicht töten, so wie du mich töten solltest, aber du kannst sie einsperren.“
Er hörte ihr zu, ohne zu begreifen, was sie da sagte, aber als er hörte, wie sie über seine Mutter redete, befiel ihn ein Unbehagen, das er nicht in Worte fassen konnte. Er wollte nichts über seine Mutter hören. Nicht jetzt. Er wollte nicht an sie denken, wollte nicht, dass sie sich in seinen Kopf schlich. Er wollte jetzt nur

mit Chiara zusammen sein. Seine perfekte Frau. Seine zukünftige Ehefrau. Sein perfektes Wesen. Wenn es das war, wenn sie das Ziel war, dann hatte es sich gelohnt. Es war nur noch so wenig von ihm übrig. Alles andere war vernichtet. Begraben und entsorgt wie all die anderen Mädchen. Er musste jetzt an sich selber denken, wenn er nicht auch noch den letzten Rest von sich verlieren wollte. Es wurde Zeit, sich zu entscheiden. Chiara hatte recht. Aber könnte er seiner Mutter etwas antun? Niemals. Er müsste ganz einfach warten. Wie lange würde sie noch leben? Sie war alt, sie war gebrechlich, nun sogar verletzt. Chiara war jung. Sie könnte warten. Er war noch relativ jung, auch er würde noch warten können. Aber dieses junge Wesen hier wollte mehr. Wollte es jetzt. Wollte eine Entscheidung, wollte, dass er sie jetzt und hier traf. Aber das ging nicht. Das war zuviel für ihn und ärgerlich zwinkerte er eine Träne fort. Nun störte ihn die Berührung mit ihrem Bein. Sie erinnerte ihn daran, wie sehr er sich immer nach etwas gesehnt hatte, das er dann vernichten musste. Wie oft schon hatte er seine Gefühle getötet? Wie oft schon hatte er gegen seinen Willen handeln müssen?

Chiara fuhr nun mit ihren schlanken Fingern über seine Wange, streichelte seinen Kopf und er schmiegte sich in die Hand hinein. Solch eine Wonne. Diese Geborgenheit, die sie ihm gab.

„Und wenn du jetzt möchtest, dann gebe ich dir noch viel mehr. Ich kann auch DICH anfassen. Ich würde gerne, wenn du mir vertraust. Willst du?“

Er schaute irritiert auf, sah sie an, sah in ihr schönes Gesicht. Was meinte sie damit? Was hatte sie gesagt? Er dachte, er müsse etwas wegen seiner Mutter unternehmen und nun wollte sie ihn anfassen? Wo denn? Oder meinte sie gar ... Er schüttelte den Kopf, als müsse er erst wach werden, dann versteifte er sich.

„Du willst doch nicht ... du bist doch, also ich meine – du hast keine Erfahrung und wie willst du dann ...“ Er war total irritiert, fast ärgerlich und Chiara spürte die Alarmglocken in ihrem Kopf. Schnell sagte sie, so zärtlich sie es vermochte:

„Ich habe das auch noch nie getan, aber wenn man jemanden mag, so richtig mag, dann ist man auch bereit, Dinge zu tun, die man noch nie getan hat. Und ich würde dich gerne einmal DA anfassen ...“ Sie zeigte mit ihrem schlanken, langen Finger auf seinen Schoß und Jacob fühlte wieder, wie das Blut in seinen Ohren rauschte. Das wäre das höchste der Gefühle. Wenn sie DAS machen würde, das wäre, als wären sie bereits verheiratet, aber er traute sich nicht. Wenn sie nur in die Nähe von seinem Ding kommen würde, wäre es wieder passiert. Er konnte sich da nicht beherrschen. Er hatte Angst davor. Er wollte lieber selber bestimmen, WAS WANN passierte, er mochte es nicht, dass sie es bestimmen würde. Er schüttelte den Kopf, sagte dann:

„Nein, ich möchte das nicht. Es ist zu früh. Wenn wir verheiratet sind, dann gerne, aber vorher – nein, das ist nicht recht.“

Sie wusste nicht, ob sie lachen oder weinen sollte. Das war total verrückt, der Kerl war total verrückt, er war krank, er war – gefährlich. Das durfte sie nie vergessen und schnell erwiderte sie:

„Ja, du hast recht. Wie immer. Du solltest mir sagen, wann es soweit ist. Aber ich möchte dir nur sagen, dass ich jederzeit für dich bereit bin. Ich fühle mich jetzt schon wie deine Frau und daher ...“
Er lächelte sie an. Etwas Schöneres hätte sie ihm nicht sagen können. Er lächelte und nun kam sie mit ihrem Kopf näher, er sah ihre Lippen, die sich nun leicht öffneten, dann spürte er ihre Lippen an seinen und etwas traf seine Brust. Es war wie ein Schmerz, aber viel intensiver, viel tiefer, viel härter und erregender. Er schloss die Augen. Dieses Gefühl war so anders, so GANZ anders. Jeden Tag hatte er seine Mutter auf den Mund geküsst, aber das hier war kein Vergleich, das hier war etwas total anderes. Er fühlte die Weichheit ihrer Lippen. Die waren nicht schmal und wässrig, die waren weich und samtig, die waren jung und voller Wärme, sie waren die einer perfekten Frau.

Februar 2001

Es war so lausig kalt, der Wind pfiff draußen um das Haus, ein Schneesturm tobte und man hätte keinen Hund vor die Türe gelassen. Aber hier im Keller war es anders. Es war hell, freundlich und warm und niemand hätte draußen solch ein Wetter vermutet. Karen wusste nicht, ob es Winter oder Sommer war, sie wusste nicht, ob es kalt oder warm draußen war, Karen war schon seit zwei Monaten hier, aber da sie erst zehn war, hatte sie völlig das Gefühl für solche Sachen verloren. Sie war nicht so aufmüpfig wie die anderen Mädchen, sie war dafür aber kindlicher und noch lange nicht soweit. Mutter hatte geschimpft, als er sie gebracht hatte, sie war zu jung, aber nachdem er wochenlang Ausschau nach einem Mädchen gehalten hatte, war ihm nur diese in die Falle gegangen. Jacob mochte sie dennoch. Sie zog ihn weder sexuell an, noch fand er sie hübsch, aber sie war nett. Sie lachte über seine Witze, sie spielte gerne und Jacob spielte gerne mit ihr. Monopoly, Mensch ärgere dich nicht und verschiedene Kartenspiele. Sie alberten miteinander herum und er fühlte sich fast wie ein großer Bruder von ihr. Amalia redete nicht mehr darüber. Für sie war das Kind einfach nur eine Belastung.

„Sie kostet nur Geld, Strom, Essen und Kleidung. Außerdem kaufst du wie verrückt Spielzeug. Willst du ein Kind oder eine Frau?“, keifte sie ständig, aber er setzte sich darüber hinweg.
„Sie hat doch noch Zeit. Vielleicht ist es besser, sie einige Jahre zu halten. Sie lacht viel, ist fröhlich, hat fast vergessen, dass ich sie entführt habe. Es hat nur drei Wochen gedauert, bis sie aufgetaut ist. Wenn das so weitergeht, dann haben wir in drei Jahren ein perfektes Mädchen ...“, argumentierte er, aber Amalia dachte anders. Sie wurde älter. Niemand wusste, was passieren konnte. Hatte Jacob die Gefahr völlig vergessen?
Jacob hingegen ging in seiner Aufgabe völlig auf. Er unterrichtete sie sogar, brachte ihr vieles bei, er sprach aber auch gerne mit ihr über die Werte des Menschen, über das Leben, den Sinn und die Familie. Er brachte ihr bei, wie wichtig es war, dass sie auf das hörte, was er sagte, wie wichtig es war, dass sie nicht widersprach und gelehrig war. Sie nickte zu allem, nahm es aber nicht sonderlich ernst. Sie war ein Kind und sie war verspielt.
Was Jacob richtig ärgerte, war ihre Art zu spielen. Wenn sie ein Spiel spielten, dann konnte sie nicht verlieren. Wenn sie verlor, dann weinte sie und schrie. Anfangs hielt er das für eine verrückte Art von ihr, aber nach und nach nervte es und beunruhigte ihn. Einmal trat sie sogar nach ihm, nachdem er sie beim Mensch ärgere dich nicht rausgekegelt hatte. Sie schrie und wollte nicht mehr mit ihm reden und er war richtig wütend geworden. Er konnte sie doch nicht gewinnen lassen, nur weil sie eine schlechte Verliererin war? Außerdem verlor er selber ungern und da war der Streit oft schon vorprogrammiert.
Die Tage gingen dahin und nach und nach vergaß er fast die Mädchen vor Karen. Wo waren sie hin? Konnte es sein, dass sie – einmal tot – für immer vergessen waren? Dass die Erinnerung immer schwächer wurde? Bei Einer wusste er nicht mal mehr, wie sie aussah. Die Erinnerung wurde immer schwächer. Als würde ein Nebel sich langsam auflösen. Würde es auch so bei Mutter sein? Würde er irgendwann nicht mal mehr wissen, wie sie ausgesehen hatte? Der Gedanke war zu erschreckend. Aber auch wenn er sich kaum erinnern konnte, so vermisste er immer wieder die Stücke von sich selbst, die er dabei abgegeben hatte. ER wurde weniger. Jacob versuchte sich so auszudrücken, wenn er mit sich selber sprach. Er verlor soviel von sich, bei jedem Mädchen gab er vieles, was dann bei ihr blieb, dass fast nichts mehr von ihm übrig war. Baute sich das wieder auf? Kam die Seele vielleicht wieder Stück für Stück zurück, sobald die Erinnerung weg war? Aber er fühlte, dass es anders war. Er spürte, dass diese Stücke von ihm für immer wegbleiben würden, so wie die Mädchen für immer wegbleiben würden. Vielleicht vergaß er diese Stücke von sich, konnte sich nicht daran erinnern, aber er fühlte sich dann immer so leer, so unvollkommen, so ausgehöhlt und er vermied diese Gedanken. Karen lenkte ihn dann immer so willkommen ab. Im Spiel vergaß er all diese Sachen und wenn sie zusammen lachten, dann fühlte er sich geborgen wie in einer kleinen Familie.
Karen begriff nicht die Zusammenhänge. Sie war froh, wenn Jacob nett war, wenn er sich mit ihr beschäftigte und er verwöhnte sie auch. Er kaufte ihr

Puppen, anderes Spielzeug, er kaufte ihr Kleidung und Schmuck und wenn sie auf etwas Appetit hatte, dann überredete er seine Mutter es zu kochen oder er besorgte es woanders. Er las ihr jeden Wunsch von den Lippen ab und Karen spürte, wie sehr sie ihn in der Hand hatte. Sie nutzte ihn richtig aus, aber sobald sie das Thema auf ihre Freilassung, ihre Familie oder seine Mutter lenkte, blockte er ab und sie bekam Angst vor ihm.
Heute war das anders. Heute spielten sie schon seit Stunden ein Gesellschaftsspiel und es würde noch lange so weitergehen. Es ging um Spielgeld, wie bei Monopoly, aber hier wurde mehr gewürfelt. Hatte man einen Betrag beisammen, konnte man einen Teil davon setzen und Jacob war waghalsig und gewann Unsummen. Karen hatte bald kaum noch Geld, dann musste sie bei ihm einen Kredit nehmen und auf bessere Würfel hoffen. Jacob war in Hochstimmung. Er war reich, besaß all das Geld und Karen hatte hohe Schulden bei ihm. Aber jetzt gab es Streit. Mal um einen Betrag, mal um einen Würfel, der falsch gefallen war. Jacob stritt mit ihr über einen Würfel, der auf der Kante gelegen hatte und Karen trat wütend nach dem Spielbrett, das auf dem Boden lag. Sie hocken beide auf dem Boden und Jacob schrie auf:
„Beherrsche dich doch. Das darfst du nicht. Damit machst du das ganze Spiel kaputt."
„Mir doch egal. Du hast mein ganzes Geld ...", maulte sie und so ging es ständig weiter. Sie stritten noch eine ganze Weile, dann sah Jacob, wie Karen einen Würfel herumdrehte, schnell neu warf und sich die Punkte gutschreiben wollte. Sie hatte betrogen. Sie hatte versucht ihn zu täuschen, sie war eine Betrügerin. Jacob schäumte vor Wut.
„BETRUG!", schrie er und Karen weinte laut, er würde ihr den Sieg nicht gönnen. Sie schrien sich an, Karen trat gegen seinen Stapel Geldscheine, die er säuberlich neben dem Spielbrett aufgebaut hatte und da verlor er die Geduld. Er holte aus und dann klatschte seine Hand in ihr Gesicht, aber jetzt begann Karen erst recht zu brüllen. Sie schrie nach ihrer Mama, sie weinte, boxte und er wusste gar nicht mehr, wie er sie beruhigen sollte. Er war außer sich, er war wütend, verletzt, irritiert und nun kam auch noch die Angst vor seiner Mutter dazu. Wenn sie den Streit hier hören würde, kam sie womöglich noch hinunter und wie er sie kannte, würde sie vielleicht sogar Karen noch Recht geben. Er packte sie am Hals und brüllte:
„Hör auf! Hör sofort damit auf!" Er schüttelte sie, er schrie sie an und sie zappelte nur noch, bis sie plötzlich ganz still war. Er hielt sie am Hals fest, hatte sie gewürgt und nun schaute er völlig verwundert in ihr Gesicht. Sie lebte nicht mehr. Er hatte sie so fest am Hals gepackt, dass sie keine Luft mehr bekommen hatte.
Er ließ sie los und sie fiel nach hinten.
„VERDAMMT!", brüllte er und hielt sich die Ohren zu, als ob er sich selber nicht zuhören wollte.
„DAS wollte ich nicht. Aber du bist selber schuld

. Betrügerin!“, brüllte er, dann weinte Jacob stille Tränen. Er ging nach oben und hatte Angst vor dem, was nun kommen würde. Amalia war von Karen nie begeistert gewesen, aber sie würde wissen wollen, was passiert war und wenn Amalia etwas hasste, dann war es Jacobs Jähzorn. Wie oft schon hatte sie ihn deswegen verprügelt. Aber es war wie immer. Wenn er wütend war, dann verlor er oft einfach die Kontrolle.

Oktober 2010

Es war eine eigenartige Nacht gewesen. Er hatte geträumt. In seinem Traum war er kein Mann, sondern ein kleiner Junge gewesen und er hatte mit all den Mädchen gespielt. Er war mit ihnen an einem See gewesen und sie waren alle schwimmen gegangen. Dann war eine nach der anderen ertrunken und nur noch eine von ihnen schwamm neben ihm. Er spürte wie seine Kräfte nachließen, wie er kaum noch schwimmen konnte und dann sah er seine Mutter am Ufer stehen. Sie rief ihm etwas zu, sie versuchte ihn zu warnen, aber er konnte ihre Worte nicht hören. Dann sah er neben sich Chiara schwimmen. Sie grinste ihn an, sie hatte Geilheit im Gesicht und sie war älter als er. Wie eine reife und erwachsene Frau und er kam sich klein und schäbig vor. Er streckte die Hand nach ihr aus, wollte Hilfe von ihr und sie gab ihm die Hand, aber dann packte sie seinen Kopf und drückte ihn unter Wasser. Und nun konnte er auf dem Grund des Sees die ganzen toten Mädchen sehen. Er sah sie und sie griffen nach ihm, versuchten ihn zu sich zu ziehen und er hatte Angst. Er schrie und bekam Wasser in seine Lungen, er hustete und von diesem Husten wurde er wach. Schweißgebadet lag er in seinem Bett und versuchte den Traum zu deuten, aber dann verschwanden die Einzelheiten ebenso wie die Erinnerungen an die Mädchen. Einzig die Erinnerung an seine Mutter blieb. Wie sie am Ufer stand und ihm etwas zurief. Sie hatte ärgerlich gewirkt. Besorgt? Eher wütend. Er wusste es nicht und es war

ihm auch egal. Es war ein Alptraum gewesen und nur langsam fand er sich wieder in der Wirklichkeit zurecht. Was würde Chiara jetzt machen? Lag sie da unten und dachte an ihn? Träumte sie von ihm? Und was würde seine Mutter jetzt machen? Er wäre jetzt gerne nicht mehr so alleine hier, aber wenn er die Wahl hätte zu seiner Mutter ins Bett oder zu Chiara zu kriechen, dann war ihm klar, WAS er sich wünschte. Chiaras weiche Haut zu spüren war besser als die tröstende Körperwärme seiner Mutter. Chiaras Lippen zu fühlen war tausendmal besser als die dünnen wässrigen, bläulichen Strichlippen seiner Mutter zu fühlen. Aber dennoch. Sie waren ein Blut, ein Fleisch, sie waren Mutter und Sohn und sie gehörten zusammen wie die Flügel eines Vogels. Dennoch. Chiaras weicher, warmer Körper ... er sah sie im Bett, stellte sich vor, wie sie lag und träumte, wie sie sich bewegte, wie sie vielleicht seinen Namen rief. Sollte er zu ihr gehen? Jetzt? Mitten in der Nacht? Würde sie erschrecken oder sich freuen, wenn er kam? Würde sie ihn bereitwillig neben sich lassen, ihn an sich drücken, ihn wärmen und trösten oder würde sie schreien?
Jacob versuchte sich erneut an den Traum zu erinnern, aber da waren nur noch Reste. Er sah Chiaras Gesicht, das einer reifen Frau. Er sah ihre Hand, wie sie nach ihm griff, aber er hatte vergessen, wie sie ihn unter Wasser drückte. Die Mutter am Ufer war nur noch am Brüllen und schien ihn zu beschimpfen. In seiner Erinnerung berührten sich ihre Hände. Sie schwammen weiter. Was war dann? Was kam da? Aber da war er sicher aufgewacht. Er wusste es nicht mehr. Langsam verflogen die Reste des Traumes und er verspürte nur noch den Wunsch, den Drang, nach Chiara zu sehen. Er wollte ihr Gesicht sehen. Wollte ihre Wärme spüren. War das die Liebe, auf die er gewartet hatte? War DAS die Liebe überhaupt? Jeder Sohn musste sich einmal von seiner Mutter lösen. Das wusste er. Es war nicht normal, wenn sie nur zusammen lebten, er konnte sich ohne Weiteres eine Frau suchen. Seine Mutter wollte es doch sogar. Also was war daran jetzt falsch, wenn er in den Keller gehen würde, sich neben Chiara legen würde und einfach ihre Anwesenheit genießen könnte? Wäre Mutter böse? Wohl kaum. Es war vielleicht sogar Zeit, Zeichen zu setzen. Für eine zukünftige Ehe. Hatte sie nicht selber gesagt, er dürfe sie anfassen und sie wolle sogar IHN anfassen? Nun, vielleicht hätte er heute Nacht sogar gar nichts dagegen. Wenn er sich vorstellte, wie sie ihn anfassen würde. DA anfassen würde, also das wäre schon etwas, das er sich wünschte. Auch wenn es nur die Phantasie war, aber irgendwann musste es ja auch soweit sein, oder? Wie sonst sollte er mit ihr Kinder zeugen wollen? Da mussten sie miteinander schlafen. Er würde auf ihr liegen und in sie dringen. Dann war sie schwanger und sie waren eine Familie. Warum überhaupt noch lange damit warten? War es nicht schon längst Zeit dafür? Hatte sie es nicht selber sogar gesagt?
Jacob war sich bewusst, dass er mit DER Erregung, die er nun hatte, nicht einfach zu ihr gehen konnte. Außerdem war es vielleicht besser, wenn er sich selber Abhilfe verschaffen würde, bevor er zu ihr ging. Dann würde er sich auch nicht direkt blamieren.

Er lag im Dunkeln und fasste sich selber an, dachte an Chiara und es dauerte nicht lange, bis er zähneknirschend ein Stöhnen unterdrückte. Er atmete heftig, dann wischte er alles sauber. Aber mit seiner Entladung hatte er auch ein wenig den Mut und das Interesse verloren, jetzt in der Nacht nach Chiara zu sehen. Vielleicht war es besser, einfach den Traum wieder aufzunehmen und zu versuchen, an der Stelle weiterzuträumen. Was war gewesen? Er war mit ihr geschwommen. Mutter stand am Ufer und hatte zugesehen. Hatte sie gelächelt? Da waren noch mehr Mädchen gewesen. Was waren das für Mädchen? Freundinnen von Chiara? Er wusste es nicht mehr. Jacob fiel in einen tiefen Schlaf und träumte nun etwas völlig anderes. Die Warnung des ersten Traumes hatte er vollständig vergessen.

Juli 2003

Jacob wusste gar nicht mehr, wie viele es waren. Da standen Namen in seinem Kopf, da waren Gesichter, da waren Erinnerungen, aber es war zuviel und er sträubte sich dagegen, sich genauer zu erinnern. Nun aber war der Keller leer. Er war ohne ein Mädchen, ohne die Aussicht auf eine perfekte Frau. Würde es überhaupt nie klappen? Nun war Mutter der Meinung, SIE würde eine Frau aussuchen, das wäre besser. Er würde nur Schrott anbringen und sie machte sich bereits fertig. Es würde ein Familienausflug werden. Eine Fahrt durch die Gegend, mit dem Ziel eine geeignete Person zu finden. So drückte sie es aus. Jacob blickte noch einmal durch den Kellerraum, es gab keine Spuren anderer Mädchen und zufrieden, aber auch traurig, ging er nach oben. Amalia wartete bereits.

Es war heiß, aber die Sonne kam nicht so richtig durch. Amalia hatte ein Kleid an, dicke Schuhe und einen Strohhut auf dem Kopf. Jacob trug eine beige Stoffhose, die bis zu den Knien ging, darüber trug er ein blaues Hemd und eine gelbe Kappe. Sie gingen zu der Garage, stiegen ein und fuhren los, ohne viel

miteinander zu sprechen. Das war meistens so. Es gab nicht viel zu sagen. Sie kannten sich, sie verständigten sich oft nur mit Blicken. Jacob fuhr langsam, besonnen und er träumte vor sich hin. Amalia sprach nun über alte Dinge, die Vergangenheit, aber wie immer nie von seinem Vater. Er hörte nur mit halbem Ohr zu. Es wurde Mittag und sie machten Rast in einer Pension in einem kleinen Dorf. Sie aßen, tranken anschließend noch einen Kaffee, dann fuhren sie weiter. Jacob hatte sich nun schon über dreihundert Kilometer von zu Hause entfernt, das war nicht weiter ungewöhnlich, er fuhr oft sogar weiter, um nach Mädchen Ausschau zu halten, in den Nachrichten sprach man ja auch von einem Täter, der in ganz Deutschland zuschlug. Sie sammelten alle Zeitungsausschnitte, Amalia nahm sogar Videos von Nachrichten auf, aber Jacob hasste es, darüber zu lesen oder etwas zu sehen. Er wollte nicht daran erinnert werden. Er hoffte, dass die Medien bald Ruhe gaben. Er hoffte, dass er bald die perfekte Frau finden würde, damit das alles hier ein Ende nahm. Er wollte nicht mehr. Manchmal hatte er das Gefühl, er würde es nur seiner Mutter zuliebe tun. Er selber würde auch ohne Frau auskommen. Sinn des Lebens. Nachkommen. Warum? Wofür? Wenn man tot war, war man tot, war man tot, tot, tot, vorbei und vergessen. Er WUSSTE ja, wovon er sprach. Er hatte soviel mit dem Tod zu tun, er brauchte niemanden, der ihm erzählte, WAS der Sinn im Leben war. Es gab keinen.
Jacob fuhr gerade durch ein kleines Dorf, als Amalia sich ruckartig aufsetzte.
„Fahr sofort wieder zurück!", zischte sie und er sah sie erstaunt an.
„Nun glotz nicht so. Ich habe ein Mädchen gesehen. Alleine. Sie stand an der Bushaltestelle. Wir nehmen sie mit!"
Jacob wendete, fuhr zurück und dann sah er sie. Ein hübsches Ding um die vierzehn, sie hatte lange braune Haare, wirkte ein wenig südländisch und er musste seiner Mutter recht geben. Sie war eine gute Wahl. Er fuhr zunächst an ihr vorbei, wendete aber fünfhundert Meter hinter einer Biegung erneut, dann rollte er langsam an die Bushaltestelle heran. Es war niemand sonst dort, es gab zwar einige Häuser, aber es war ja nicht ungewöhnlich, wenn ein PKW jemanden mitnahm. Er hielt und sprach sie an.
„Na, könnten wir dich nicht ein Stück mitnehmen?"
„Danke, ich warte auf den Bus!"
„Aber der kommt doch noch nicht!"
„Doch, in zehn Minuten!"
Amalia lächelte von der Beifahrerseite her aus dem Auto und rief:
„Wir fahren in die gleiche Richtung. Steig einfach ein, ich kenne dich doch vom Sehen ..."
„Nicht, dass ich wüsste ..." Das Mädchen wirkte kühl und nüchtern. Sie schien auch nicht unsicher zu sein. Sie wirkte reifer und älter als sie war und Jacob bekam sogar ein wenig Angst vor ihr. Wenn er sich vorstellte, solch ein Mädchen in seinem Keller zu haben, ein Wesen, das keine Angst zeigte, das eine gewisse Reife hatte, eine Art ÜBER IHM zu stehen, das wollte er ganz bestimmt nicht, doch Amalia gab nicht auf.

„Also manchmal muss man die Mädchen schon zu ihrem Glück zwingen. Was willst du hier warten, wenn wir schon so nett sind?“, fragte sie und nur Jacob konnte die Wut und den Hass in ihrer Stimme erkennen. Sie kochte. Er war sicher, Amalia würde sie am liebsten umbringen für die Courage, die sie zeigte, aber Amalia lächelte immer noch. Doch nun verzog das Mädchen das Gesicht. Sie beugte sich leicht vor, dann sagte sie:
„WAS wollen Sie eigentlich von mir? Ist das irgendein perverser Trick? Wollt ihr was von mir? Seid ihr krank oder so?“
Amalia schnappte entrüstet nach Luft und Jacob stieg aus. Er ging hinten um das Auto herum auf das Mädchen zu und sie wich augenblicklich ein wenig zurück. Jacob stand nur zwei Meter von ihr entfernt, zwischen ihnen war nur der Kopf von Amalia, die aus dem Auto heraus das Mädchen anstarrte, aber nun nichts mehr sagte. Weit und breit war niemand zu sehen und nun rannte Jacob plötzlich auf sie zu. Er packte sie an den Händen, wollte sie zusammendrücken, um sie zu fesseln, aber das Mädchen wehrte sich nicht nur, sie schrie auf und trat nach ihm. Amalia schrie ebenfalls, sie schrie Anweisungen, aber Jacob hörte nicht den Sinn der Worte. Er kämpfte mit dem Mädchen, das ihm nun viel älter und kräftiger erschien als vorher. Sie war kräftig und sie war stark entwickelt. Dieses Mädchen war niemals vierzehn, sie war bestimmt bereits sechzehn und sie kämpfte offen. Sie trat und traf ihn, ihre Arme ruderten und schlugen auf sein Gesicht ein. Jacob hatte keine Chance, den Kampf zu gewinnen, ohne sie ernsthaft zu verletzen und fluchend wendete er sich nun ab. Das Mädchen rannte nun schnell davon, sie schrie dabei weiter und Jacob schlug den Rückwärtsgang ein, fuhr in schnellem Tempo ein Stück zurück, dann wendete er.
Es dauerte eine Weile, bis Amalia sprach.
„Das war ja ganz toll. Du hast den Kampf gegen dieses Flittchen verloren. Die war stärker als du!“
Sie sagte es nicht nur gehässig, sie sagte es in einer Art, die ihn tief in seinem Kern traf.
„Sie war zu ALT!“, rief er, konzentrierte sich dabei aber auf die Fahrt. Er fuhr schnell, raste aber nicht mehr. Er nahm jede Abzweigung, um seine Spur zu verwischen und er achtete auf andere Autos.
„Zu alt? Oh, du willst nur die kleinen Kinder, was? Die ganz kleinen Dinger, die sich nicht wehren können. Am besten noch, wenn sie keine Haare an der Muschi haben. Du bist ein kleiner Kinderficker …“
Jacob war fassungslos. So hatte seine Mutter noch nie zu ihm gesprochen. Nicht nur die Art, mit der sie ihn beleidigte, auch diese Ausdrücke aus ihrem Munde zu hören, war neu für ihn. Er wusste gar nicht, wie er reagieren sollte. Hatte sie das wirklich eben gesagt, oder war es Einbildung gewesen? War seine Mutter überhaupt fähig so etwas zu sagen? Woher kannte sie überhaupt solch schlimme Worte?
„Du bist ein krankes Schwein, ein perverser kleiner Pädophiler. Oh, ich arme, alte Frau, womit hat Gott mich nur gestraft?“

Übergangslos hatte sie nun ins Jammern gewechselt und jetzt schüttelte sie sich, als würde sie unsichtbare Tränen weinen. Jacob erwiderte immer noch nichts. Zu sehr schockten ihn die harten Worte und er sah seine Mutter zum ersten Mal in seinem Leben in einem ganz anderen Licht. Nicht als seine fast heilige Mutter, sondern er sah, dass sie eine Frau war. Eine Frau, die wusste, was eine Muschi war, die wusste, was FICKEN bedeutete und – er fühlte die Gänsehaut, die sich auf seinem Körper ausbreitete – die so etwas schon getan hatte. Schließlich war sie verheiratet und hatte ihn geboren. Sie war also eine ganz normale Frau und nicht nur seine Mutter. Sie hatte auch so etwas. Er wagte es sich nicht vorzustellen, aber immer wieder kamen diese Bilder. Er sah einen Mann, der auf seiner Mutter lag und sie trieben es miteinander. Er schüttelte sich, Ekel überkam ihn wie ein Magenhieb und mit verzerrter Stimme sagte er:
„Du bist ein altes Miststück. Du bist genauso eine Schlampe wie die anderen Frauen, du tust vor mir nur immer so unschuldig ...“
Er wartete fast auf eine Ohrfeige von ihr, auf eine heftige Reaktion, aber es kam keine. Er sah langsam zur Seite und sie sah ihn mit einem zynischen Grinsen an.
„Werd endlich erwachsen, Junge“, sagte sie nur und dann sah sie nach vorne, als würde sie sich auf die Gegend konzentrieren.

Als sie zu Hause ankamen, sprachen sie nicht mehr darüber. Sie aßen zu Abend als wäre nichts gewesen, aber er sah Amalia immer wieder von der Seite her an. Sie wirkte anders. Nicht mehr wie sonst. Er sah sie anders. Sie war nicht mehr die unbefleckte Mutter, die er immer gesehen hatte, er sah nun, dass sie einfach nur ein Mensch war. Ein Mensch mit Fehlern, mit guten und schlechten Seiten, einfach ein Mensch wie er auch.
Als er zu Bett ging, war er zufrieden. Er war auch froh, dass sie dieses Mädchen nicht bekommen hatten. Sie war zwar hübsch gewesen, aber sie war zu reif. Zu alt für ihn. Nicht weil er auf kleine Kinder stand, sondern weil sie ihm überlegen war. Sie hatte mehr Erfahrung als er. Sicher hatte sie bereits einen Freund und bereits sexuelle Erfahrungen. Damit hatte sie mehr als er und das konnte er nicht gutheißen. Seine Mutter hatte einen Fehler gemacht und wollte ihm dann dafür die Schuld in die Schuhe schieben. Das war ein völlig neuer Aspekt. Das war ein völlig neuer Ausgangspunkt. Sie war nicht fehlerfrei und er hatte ihr Dinge gesagt, für die sie ihn früher bestraft hätte. Meine Güte, wenn er darüber nur nachdachte ... Eine neue Zeit war angebrochen. Er war ein Stück erwachsener geworden.
Als er einschlief, stellte er sich erneut vor, wie ein Mann auf seiner Mutter lag. Sie war jünger, sie war schön, schlank und sie stöhnte. Der Mann war sein Vater. Er stellte sich ihn immer als großen und schwarzhaarigen, sportlichen Mann vor, der aber kein Gesicht hatte. Er lag auf ihr und beide waren sie nackt. Der Mann, sein Vater, vergoss seinen Samen in ihr und sie stöhnte dabei so ordinär wie eine Straßenhure. Seine Mutter wurde schwanger von dem Mann und Jacob war in ihr drin.

Jacob stöhnte. Seine Gefühle waren gemischt. Es war Ekel und Erregung, Angst und Sehnsucht. Seine Emotionen fuhren Achterbahn und er konnte nichts dafür, dass es ihm gewaltig kam, als er das Bild seiner sich paarenden Eltern vor Augen hatte. Wenig später war er eingeschlafen. Er wusste am Morgen nicht mal mehr, was er geträumt hatte, aber er fühlte sich anders. Reifer. Er war irgendwie über Nacht ein Stück mehr Mann geworden. Nicht mehr der kleine Sohn der übergroßen Mutter, er war mehr der Komplize, die Zusammengehörigkeit hatte sich ein wenig auf eine andere Basis verlagert, die er nicht näher erklären konnte. Aber es fühlte sich gut an. Es fühlte sich sicher an. Reifer. Jacob hatte einen wichtigen Schritt in die richtige Richtung getan.

Oktober 2010

Chiara hatte einen Plan. Sie musste es schaffen, dass er sich seiner Mutter widersetzen würde. Sich für SIE entscheiden. Chiara wusste auch, wie sie das schaffen konnte. Ihre Weiblichkeit einzusetzen war nicht genug, es galt auch, sein Vertrauen zu gewinnen. Ihm zu zeigen, dass sie zu ihm halten würde, dass er sich auf sie verlassen konnte. Solch eine Situation herbeizuführen war nun die eigentliche Aufgabe.
Es war drei Tage her, seit er bei ihr gehockt hatte wie ein Hund, sich von ihr streicheln ließ und dabei bittere Tränen geweint hatte. Danach war er mürrischer geworden. Er brachte ihr das Essen, er sah nach ihr, aber er näherte sich nicht mehr und fast hatte sie Angst, ihn wieder zu verlieren. Würde die Mutter wieder die Oberhand gewinnen? Sie musste ihre Trümpfe ausspielen.
Es war eine Gratwanderung. Wenn sie zu viel Sex ins Spiel brachte, zog er sich zurück, wenn sie sich zu prüde gab, war er enttäuscht. Also den Mittelweg

finden. Es musste so aussehen, als würde jede Handlung von ihm selber kommen.
Chiara dachte an ihr junges Leben zurück. Sie war vierzehn Jahre alt, aber bereits keine Jungfrau mehr. Mit zwölf hatte sie bereits ihre Unschuld verloren. Es war nicht freiwillig geschehen, aber sie hatte sich auch nicht weiter gewehrt gehabt. Wer hätte ihr auch helfen sollen? Ihr ständig trinkender Vater? Ihre schlampige Mutter? Ihre kleine Schwester? Überall um sie herum war Sumpf, war Lüge, Gewalt und Kriminalität. Sie war in diesem Sumpf aufgewachsen und sie hatte gelernt damit zu leben. Als dann diese drei Jungs aus ihrer Clique gekommen waren und sie zum Sex gezwungen hatten, war das zwar nicht schön gewesen, aber auch irgendwie normal. Sie war froh, als es vorbeigewesen war. Vielen ihrer Freundinnen war es so ergangen. Man war in einer Gruppe von Jungs und Mädchen, bewegte sich innerhalb dieser Clique und es gab da die ganz eigenen Gesetze. Sicher, es gab auch welche, die „gingen“ miteinander, waren verliebt oder so, aber wenn ein Mädchen das nicht wollte, dann wurde sie eben vom Cliquenchef genommen und gehörte somit der Gruppe an. So war es auch bei ihr gewesen. Sie hatte keinen festen Freund gehabt und irgendwann dann war der Älteste, der Gruppenboss gekommen und hatte sie gefragt, ob sie mit ihm schlafen wolle. Als sie verneinte, hatten zwei seiner Kumpels sie festgehalten und er hatte es ihr besorgt. Wo war da der Grund zur Klage? Wem hätte sie sich anvertrauen sollen? So war es eben. Sie musste es geschehen lassen, wollte sie nicht gänzlich aus der Gruppe ausgeschlossen werden. Allein hatte man in diesem Ghetto keine Überlebenschancen, also war das einfach ein notwendiges Übel.
All das wusste Jacob nicht. Er sah in ihr sein kleines goldenes Mädchen. Ein kleiner Schatz, unberührt und zart und wertvoll. Sie verzog das Gesicht, als sie daran dachte. Sie war weder unberührt noch wertvoll. Sie war von ihrem Vater bereits zweimal krankenhausreif geprügelt worden, sie hatte so oft Hunger gelitten, dass sie manchmal dachte, wie gut sie es hier doch hatte. Keine Besoffenen, genug zu essen, was wollte man mehr?
Doch die Freiheit war zu kostbar, um sie aufzugeben und so musste sie weiter an ihrem Plan arbeiten. Außerdem hatte sie Spaß daran gefunden. Jacob ließ sich lenken und Chiara empfand eine perverse Art von Freude, wenn sie daran dachte, wie sie Jacob dazu bringen konnte, sich für sie und GEGEN seine Mutter zu entscheiden. Wenn sie ihn erst soweit hatte, wenn sie ihn erst willenlos gemacht hatte, dann würde sie das Urteil über seine Mutter fällen. Sie war sicher: Wenn er mit ihr schlafen würde, hätte sie für immer gewonnen.
Ihre Pläne gingen sogar weiter. War es denn so schlimm mit ihm? Er hatte ein Haus, er hatte Geld, es schien ihm gut zu gehen. Viel besser als all das, woher sie kam. Eine Siedlung voller Armut. Ein Ghetto, aus dem sie nie ausbrechen konnte. Wenn sie es geschickt anstellte, hatte sie hier die Freikarte zum Glück. Wenn Amalia nicht mehr wäre, könnte sie sicher auch ihre kleine Schwester holen. Sie könnten hier wohnen und ganz offiziell leben. Kein Verstecken mehr, Sicherheit und Geld und ein tolles Haus. Dieser Jacob war ein Kretin. Den

könnte sie lenken und steuern wie sie wollte, sie musste nur den richtigen Augenblick erwischen. Sie musste es schaffen, dass er ihr vertraute und sie musste es schaffen, dass er mit ihr ins Bett ging. Aber es musste so aussehen, als wäre es SEINE Idee. SEINE Verführung. SEIN Wunsch. Aber das ließ sich sicher einrichten.
Chiara hatte auch nicht wirklich Angst vor seiner Art der Gewalt. Wenn er versuchen würde sie zu töten, sie könnte sich sicher gut wehren. Warum auch nicht? Man brauchte diesem Kerl nur ein Stück nacktes Fleisch zu zeigen und schon war er wie gelähmt. Die Alte oben war nun gehandicapt, sie zählte nicht mehr richtig. Nur ihre Worte waren noch gefährlich, für Jacob wie Gift. Aber gegen jedes Gift gab es ja auch bekanntlich ein Gegenmittel. Und das Mittel gegen diese alte Hexe hieß: Chiaras Körper.

Sie hörte ihn etwas später die Treppe herunterkommen und sie legte sich gelangweilt auf das Bett, starrte an die Decke und breitete die Arme weit aus. Sie sah lässig aus so wie sie da lag, aber sie war aufs Äußerste konzentriert, ihre Muskeln waren angespannt. Sie hörte, wie er den Raum betrat, danach hörte sie ihn fast leise fragen:
„Geht es dir gut? Brauchst du irgendetwas?"
So war er immer. Fast schüchtern, fast ängstlich, immer bemüht, Harmonie aufkommen zu lassen. Man durfte ihn nur nicht verärgern. Sie setzte sich auf, strahlte ihn an und sagte:
„Nein, Danke, mir geht es gut. Ich brauche nichts. Außer vielleicht ein wenig mehr deiner Anwesenheit. Du machst dich in letzter Zeit ziemlich rar. Magst du mich nicht mehr?"
Ihr Lächeln, ihre Körperhaltung, dazu noch diese schmeichelnden Worte, sie konnte sehen, wie Jacobs Herz zerfloss. Er strahlte und seine Augen sprachen für ihn. Er näherte sich ihr vorsichtig, dann setzte er sich aufs Bett, schüchtern, als hätte er Angst, sie könnte ihn zurückweisen, aber Chiara schmiegte sich sofort an ihn, legte ihre Wange an seinen Oberarm und sie schnurrte:
„Ich vermisse dich. Warum lässt du mich immer so lange alleine?"
Sie war züchtig angezogen. Kein Blick auf die Brust, ihre Beine waren in einer Jeans verborgen, nur ihre Füße waren nackt und sie spielte mit ihren Zehen an seinen Beinen. Jacob schluckte. Er genoss diese Augenblicke sichtlich, hatte aber Angst, zu viel Gefühl zu zeigen.
„Mutter braucht mich oft. Ihr geht es nicht gut. Manchmal glaube ich, nicht nur ihr Fuß ist gebrochen. Seit dem „Unfall" geht es ihr immer schlechter. Sie lässt nach. Sie wirkt alt und seit gestern jammert sie noch über Rückenschmerzen. Ich wollte sogar einen Arzt holen, aber sie weigert sich und dann beschimpft sie mich."
Er lächelte dabei und Chiara schüttelte in gespielter Entrüstung den Kopf.
„Du solltest einfach nicht darauf achten und vielleicht wirklich einen Arzt rufen. Oder gib ihr Schmerzmittel. Ihr habt doch so etwas sicher im Haus?"
Jacob nickte.

„Wir haben alles Mögliche da, aber Mutter nimmt nur etwas, wenn es gar nicht anders geht. Ihr Fuß heilt einfach nicht und dazu noch andere Wehwehchen, da kann man verstehen, wenn sie grantig wird ..."
Chiara nickte, lächelte und im Innern freute sie sich. Die Alte litt. Sie hatte Schmerzen und konnte nicht aufstehen. Sehr gut. Teil Eins war geschafft. Nun musste sie Jacob endlich dazu bringen ihr mehr zu erzählen. Ihr zu vertrauen. Sie als gleichberechtigte Partnerin anzusehen. Sie durfte nicht mehr das Mädchen sein, sie musste SEINE Partnerin sein und das musste so geschehen, dass er das nicht mal mitbekam. Sie schmiegte sich noch enger an ihn und konnte nun sogar seinen Herzschlag spüren.
„Ich kann deine Mutter verstehen. Ist nicht alles einfach für sie. Aber für uns ja auch nicht … Ich meine, wir beide haben die ganze Zukunft ja noch vor uns …"
Jacob nickte, als wäre das eine selbstverständliche Aussage. Er lächelte und dann legte er seine Hand auf ihr Bein. Eine sehr ungewöhnliche Geste für ihn, aber Chiara ließ sich nichts anmerken. Nur nicht zu forsch sein. Eine falsche Bewegung und alles konnte vorüber sein.
Sie schwiegen nun beide. Chiara versuchte, sich ihre Anspannung nicht anmerken zu lassen. Es war nicht einfach für sie. Jacob war ein Pulverfass, man konnte nie wissen, wie er reagieren würde. Sie seufzte und er sah sie fragend an
„Manchmal kommt mir das alles hier wie in einem Traum vor. Zuerst war ich voller Angst, nun bin ich voller Verlangen …", sagte sie und vermied es, ihn dabei anzusehen. Jacob schaute etwas irritiert und hakte dann genau an dieser Stelle ein:
„Verlangen? Was für ein Verlangen?"
„Nun ja, man gewöhnt sich aneinander. Ich habe mich nicht nur an dich gewöhnt, ich mag dich sogar sehr und ich bin eine aufblühende Frau. Ich habe ein Verlangen nach dir. Nach deiner Gegenwart, deiner Anwesenheit. Ich möchte dich einfach immer bei mir haben …"
Nur nicht zu forsch sein. Jetzt keinen Fehler machen. Nicht zu weit aus dem Fenster lehnen. Vielleicht wäre es sogar klug, jetzt einen kleinen Rückzug zu wagen?
„Ich meine, ich möchte jetzt keinen Sex mit dir …", fügte sie daher hastig hinzu, lächelte ihn an und sagte leiser:
„Noch nicht jedenfalls ... Damit kann man ja warten, aber ich möchte schon ab und zu deine Nähe spüren!"
Seine Reaktion beruhigte sie. Der Griff an ihrem Bein wurde ein wenig fester, aber nicht so, dass es weh tat, eher wie eine freundschaftliche Geste, dann sagte er:
„Ich werde es versuchen. Auch ich wünsche mir, öfter mit dir zusammen zu sein. Wir verstehen uns super und es tut mir gut, bei dir zu sein. Du bist so … nun, ich weiß es nicht in Worte zu fassen, aber immer wenn du bei mir bist, dann habe ich ein warmes Herz."

Chiara lächelte. Wieder ein Sieg nach Punkten. So konnte es weitergehen, aber sie wagte nicht einen weiteren Versuch. Für heute sollte es reichen. Es war genug. Mit diesem Sieg konnte sie eine weitere Strategie aufbauen.

September 2004

Es war nun schon länger her und fast hätte sich der Alltag in sein Leben geschlichen. Er war auch ohne Mädchen zufrieden. Er ging seiner Arbeit nach, der Sommer war voller Gartenarbeit gewesen und seine Mutter hatte ihn auch nicht weiter bedrängt. Zu sehr haftete noch das Erlebte in ihnen, sie vermieden sogar, darüber zu sprechen. Aber an einem Freitagabend war es dann soweit. Seine Mutter war den ganzen Tag schon so nachdenklich gewesen und gegen Abend sagte sie ganz offen:
„Ich habe den Eindruck, du willst es gar nicht mehr?"
„Was sollte ich nicht mehr wollen?" Jacob stellte sich dumm, obwohl er genau wusste, was seine Mutter meinte.
„Nun, das mit den Mädchen. Eine Frau. Ein weibliches Wesen, das du erziehen kannst. Willst du nicht mehr oder traust du dich nicht mehr?"
Jacob seufzte auf. Es war ein so schöner Tag gewesen, selbst der Abend war noch mild und angenehm. Sie saßen auf der Terrasse hinter dem Haus, es duftete

nach frisch gemähtem Rasen und die Luft war würzig und warm. Er holte erneut tief Luft, dann sagte er:
„Weißt du Mutter, ich habe nachgedacht. Wir haben zu viele Fehler gemacht und die armen Dinger müssen dafür büßen. Es wäre einfacher, wenn ich zu einer Agentur gehen und mir dort eine Frau aussuchen würde."
„Ach? So eine Russin oder eine mit Schlitzaugen? Die kommen hier nach Deutschland, um einen Kerl mit Geld zu bekommen. Die wollen nur versorgt sein. Die spielen dir die liebende Ehefrau vor und wenn es soweit ist, wenn sie dich haben, dann erlebst du die Hölle. Nur über meine Leiche!"
Jacob schüttelte den Kopf.
„Nein, es käme nur eine Deutsche infrage …"
„Eine Frau, die auf normalem Wege keinen Mann abbekommt und sich an eine Agentur wenden muss, mit der stimmt doch was nicht. Nein, das kommt nicht infrage. Ich denke, unser ursprünglicher Plan ist gut, wir haben nur ein wenig Pech gehabt. Wir sollten besser aussuchen, besser wählen, besser absprechen, WAS wir WIE machen. Außerdem wäre eine reife, eine erwachsene Frau nicht gut für dich. Sie sind zu selbstbewusst, sie sind zu forsch, sie würden dich unterjochen, da hättest du nichts mehr zu sagen. Nein, du bist MEIN Sohn, du brauchst eine perfekte Frau …"
Da gab es nichts mehr zu sagen. Jacob nickte nur noch und einige Tage später war es dann auch soweit. An einem Mittwoch kam er von der Arbeit und seine Mutter empfing ihn mit den Worten:
„Ich weiß jetzt, wo wir das Mädchen finden werden, das du brauchst …"
Sie war voller Energie und er freute sich mehr über ihren Zustand als über die Aussicht, bald ein neues Kind im Keller zu haben. Er nickte also freudig und hörte ihr zu.
„Es muss ein Kind aus einem Armenviertel sein. Ein Kind, das es bei uns besser hat als zu Hause. Ein Kind, das nicht vermisst wird. Ein Kind, das FROH ist, wenn es bei uns ist ..."
Sie strahlte, als sie ihn ansah, als hätte sie die perfekte Lösung gefunden und Jacob lächelte zurück. Es war ihm egal, wo sie herkam. Es war ihm egal, ob sie eine perfekte Frau werden würde, er freute sich nur, dass Mutter glücklich war und so fuhren sie noch eine Stunde später los, um sich in berüchtigten Gegenden umzusehen und – das Schicksal ist manchmal wirklich voller Überraschungen – sie fanden tatsächlich das, was sie suchten.

Jacob war in eine Hochhaussiedlung gefahren, die sich am Stadtrand erstreckte, als wollten die Städte mit den Leuten hier nichts zu tun haben. Es war wie eine sichtbare Schneise. Die Stadt hörte auf, es begannen Grünstreifen, Felder, dann wuchsen plötzlich diese Betonkästen vor ihnen auf. Es waren triste, grobe und graue Klötze, umgeben von unschuldigem Grün. Wer hier wohnte, der hatte es in der Gesellschaft nicht geschafft, war hier verloren und gefangen. Jacob kannte diese Siedlung. Sie war von Kollegen der Post verhasst, an manchen der Hochhäuser gab es nicht mal richtige Briefkästen, die Haustüren waren kaputt,

die Scheiben zerschlagen, Müll lag in der Gegend herum und die Bewohner waren alle entweder unter der Armutsgrenze oder mit einem Drogenproblem behaftet, meistens sogar beides. Die Kinder, die hier lebten, hatten keine Zukunft, keine Perspektive und ihm wurde klar: Mutter hatte recht. Wenn er hier ein Kind nahm, würde er dem Wesen eine neue, eine gute Zukunft bieten können.
Aufgeregt leckte er sich über die Lippen. Warum war ER nicht darauf gekommen? Wenn sie hier ein Kind nahmen, würde man es vielleicht nicht mal vermissen? Keine Polizei würde danach suchen, keine Eltern sich übermäßig sorgen. Es wäre im Vorfeld schon mal perfekt. Es lag dann an ihm, aus ihr eine perfekte Frau zu machen.
Jacob fuhr langsamer und sah seine Mutter von der Seite her an. Sie grinste böse, nickte und sagte leise:
„Hier ist die Hölle. Wir tun ein gutes Werk …"
Es war, als wären sie in einer anderen Welt. Alte Autos standen am Straßenrand, ein verrostetes Fahrrad lag auf einer Wiese. Sie sahen kaum Menschen, als würden sich die Bewohner hier in ihren Betonburgen verstecken. Sie sahen an einer defekten Bushaltestelle ein paar ausländische Jugendliche, die herumschrien und Gewalt ausstrahlten. Sie sahen eine alte Frau, die mit Plastiktüten langsam auf dem Bürgersteig an der anderen Straßenseite entlangschlurfte. Die großen Hochhäuser verstrahlten eine Beklemmnis, sie gaben etwas Bedrückendes von sich und Jacob war froh, als sie das Ende der Hochhäuser erreichten. Die Straße wurde breiter, es kamen keine Häuser mehr, dann ging es ab zur Landstraße, die nach einigen Kilometern wieder in die Stadt führte.
„Lass uns hier wenden und dann fahren wir langsam zurück. Da gibt es noch Seitenstraßen und Parkplätze, vielleicht auch Spielplätze. Wir werden hier schon was Geeignetes finden", sagte Amalia und drängte ihr Gesicht dichter an die Scheibe, als würde sie so besser sehen können. Jacob gehorchte, drehte den Wagen, dann fuhr er langsam zurück. Er bog in die erste Seitenstraße ein, die aber an einem Parkplatz endete. Er fuhr zurück und bog wieder in eine Straße ein, dann sahen sie einen Spielplatz. Am Rand des Spielplatzes, auf dem fast nur kaputte Spielgeräte waren, standen mehrere Container. Altglas, Restmüll, Papier. Und mitten in diesem Containergewirr stand ein Mädchen. Es hatte eine große Mülltüte in den Händen und versuchte verzweifelt, einen Containerdeckel zu heben, um die Tüte hineinwerfen zu können.
Amalia nickte Jacob zu und sie brauchten keine weiteren Worte. Es war klar, was sie von ihm verlangte. Jacob fuhr ganz dicht an die Container heran und stieg aus. Das Kind war ungefähr zwölf Jahre alt, hatte dunkle, schulterlange Haare und trug einen knielangen Rock. Ihr T-Shirt war schmutzig und die Abfalltüte in ihrer Hand drückte sogar noch dagegen.
Sie war zu klein und fast tat sie Jacob leid.
„Kann ich dir helfen?", frage er und erntete einen bösen, misstrauischen Blick. Jacob setzte ein betont freundliches Lächeln auf. „Ich will dir nichts Böses, ich

kann aber den Deckel für dich halten", lachte er, dann ging er einfach auf den Container zu, hob den Deckel und die Kleine hob ihre Tüte nun mit beiden Händen an, um sie hineinzuwerfen. Jacobs Mutter war indes ausgestiegen und hatte die Klappe des Kombis geöffnet. Sie sah sich aufgeregt nach allen Seiten um, aber es gab keine Zeugen.
„JETZT!,"
rief sie Jacob zu und nun packte er das Mädchen einfach, drückte ihr den Mund zu und schleifte sie zu dem Kombi. Er legte sie hinein, warf sich auf sie und dann fesselte und knebelte er das sich wehrende Kind. Seine Mutter hatte die Klappe bereits wieder geschlossen, sah sich um und stellte zufrieden fest, dass es wohl keine Zeugen des Vorfalls gegeben hatte. Zufrieden setzte sie sich wieder auf den Beifahrersitz. Dieses Kind würde wohl kaum jemand vermissen. Sie war schäbig und ärmlich gekleidet und in ihren Augen lebten diese Menschen hier wie Kakerlaken und würden gar nicht merken, wenn jemand von ihnen fehlte.
Jacob kletterte über das gefesselte Mädchen nach vorne, rutschte auf den Fahrersitz, dann fuhr er grinsend los. Das Kind gefiel ihm. Sie hatte sich nicht allzu sehr gewehrt, sie hatte ein hübsches Gesicht und einen weiblichen Körper. Jedenfalls, was er so auf die Schnelle feststellen konnte. Noch immer fühlte er die Berührungen des Fesselns nach. Noch immer meinte er, ihren Geruch wahrnehmen zu können. Sie hatte ihn erregt und er hoffte, Mutter würde es nicht sehen. Seine Erektion war schmerzhaft, klang aber langsam ab. Er freute sich auf den Keller.
Sie fuhren schweigend, doch er wusste, dass seine Mutter zufrieden war. Sie hatte nicht nur recht gehabt, die Mission war auch noch mit Erfolg gekrönt worden.
Sie waren nicht mal weit gefahren. Diese Hochhaussiedlung lag am Rande ihrer Heimatstadt und so waren sie auch schnell wieder zu Hause. Jacob fuhr direkt in die Garage, nachdem seine Mutter ausgestiegen war, dann wickelte er das Kind in Decken und trug es ins Haus. Erst im Keller löste er ihren Knebel und sah die Blässe in ihrem Gesicht. Sie war bläulich angelaufen und sie keuchte und krächzte verkrampft.
„Ist sie krank?", fragte er seine Mutter und sie schüttelte missbilligend den Kopf. Sie wollte ihre Enttäuschung nicht so recht zugeben, also sagte sie nur: „Ich denke, sie spielt uns was vor. Die Kinder aus dieser Gegend sind mit allen Wassern gewaschen. Warten wir es einfach ab …"
Sie verließ den Keller und ging nach oben, Jacob blieb bei dem Kind sitzen und sah es an. Sie hatte die Augen geschlossen und atmete schwer.
Jacob fühlte sich nicht wohl. Er konnte sie ja nicht einfach so umbringen, nur weil sie ein Fehlgriff war? Sie war ein Kind und hatte ihm nichts getan. Auch wenn Mutter sauer werden würde, DIESES Kind würde er nicht einfach entsorgen. Sie tat ihm leid. Noch immer hatte sie die Augen geschlossen und aus einem Impuls heraus ging er zum Schrank, holte sich eine Wintermütze und zog sie sich über das ganze Gesicht. Nun erst sprach er sie an.

„Bist du krank? Hast du mich gesehen?"
Das Kind antwortete nicht. Sie atmete flach, ihre Gesichtsfarbe wurde immer schlimmer. Es war ein Graublau und er hatte Angst, sie würde ihm hier wegsterben. Er lief schnell nach oben und dann sprach er mit seiner Mutter.
„Die ist krank, die braucht Medikamente. Die können wir nicht hier behalten …",
rief er und seine Mutter nickte bekümmert.
„Ja, ich denke auch. Dann bring sie halt um und wir suchen was Neues."
„Ich werde sie NICHT einfach umbringen. Sie hat uns nicht gesehen. Mich nur am Container, dich gar nicht. Und hier hatte sie die ganze Zeit die Augen zu. Ich denke, das Risiko können wir eingehen ..."
„Du willst sie laufenlassen?" Amalia lachte auf.
„Du bist ja dümmer als ich dachte. Sie wird eine detaillierte Beschreibung liefern, wird sagen, WER du bist, WIE du aussiehst, WO du wohnst, WAS du für ein Auto hast, ALLES wird sie sagen und dann war es das. Sie MUSS sterben."
Jacob ballte die Fäuste. Er wusste, wenn er sie töten würde, dann wäre ein wichtiger Teil von ihm für immer mit ausgelöscht. Er wusste, dass er nicht mehr viel von sich in sich trug, das er abgeben konnte. Er wusste, dass er bald leer war. Er brauchte noch etwas von sich, um weiterleben zu können und so sagte er nur:
„Sag, was du willst, ich gehe das Risiko ein. Ich werde sie wegbringen!"
Amalia fluchte, versuchte ihn zu überzeugen, aber er blieb hart. Vielleicht war es das Erlebnis mit dem Mädchen an der Bushaltestelle, das ihn so verändert hatte, die harten Worte seiner Mutter, jedenfalls setzte er sich durch. Er ging zurück in den Keller, packte das Kind, verband ihm die Augen, dann trug er es zurück in die Garage, in den Kofferraum des Kombis. Er fuhr mit ihr weit weg, versuchte ihr die Erinnerung zu täuschen, indem er wahnsinnige Umwege fuhr. Erst als er sicher war, dass sie sich niemals erinnern könnte, wo sie gewesen waren, näherte er sich wieder der Hochhaussiedlung. Er parkte am Rande einer Eisenbahnlinie auf der Rückseite eines grauen Hochhauses. Wenn jemand am Fenster stand und ihn beobachten würde, wäre er geliefert, aber darüber machte er sich keine Gedanken. Bisher war alles gut gegangen und es würde auch weiter gut gehen. Er kletterte nach hinten und sah nach ihr. Das Mädchen war immer noch blass, atmete aber nun regelmäßiger. Sie redete nicht, stellte keine Fragen und Jacob sagte auch nichts mehr zu ihr. Er löste ihr die Fußfesseln, dann schob er sie hinten aus dem Auto heraus. Sie sackte zusammen, aber das war ihm egal. Irgendwer würde sie schon finden. Jacob setzte sich hinter das Steuer und gab Gas. Er weinte auf der Rückfahrt, obwohl er den Grund dafür nicht kannte. Er kam sich gut vor. Ritterlich. Er war ein guter Mensch und er war froh, dass er sich seiner Mutter wiedersetzt hatte.
Abends saßen sie gemeinsam im Wohnzimmer. Sie sprachen nicht miteinander, aber sie hatten im Fernseher den Lokalsender eingeschaltete und das Radio zusätzlich. Sie achteten auf jede Meldung, aber es kam nichts von einer Entführung. Auch die Zeitungen am nächsten Tag brachten nichts darüber. Erst

fünf Tage später begann Amalia sich zu beruhigen. Sie war jeden Morgen in der Überzeugung aufgewacht, heute von der Polizei Besuch zu erhalten.

Oktober 2010

Jacob war sauer. Er stand im Wohnzimmer, ballte die Fäuste und brüllte seine Mutter an. Es war selten, eigentlich so gut wie noch nie passiert, aber diesmal konnte er es einfach nicht unterdrücken.
„Du kannst mir nicht vorschreiben, wie ich zu fühlen habe!",
rief er und Amalia sah ihn nur verächtlich an.
„Sie hat dir den Kopf verdreht. Sieht ihr ähnlich. Durftest du ihr an die Titten fassen?"
Jacob sah sie hasserfüllt an und Amalia verdrehte die Augen.
„Oh, so weit ist es schon? Du richtest dich gegen deine Mutter? Gegen dein eigen Fleisch und Blut? Wegen DER DA? Wir wissen nicht mal, wo sie genau herkommt. Ich halte sie für ein durchtriebenes Biest!"
„Red nicht so, Mutter. Sie ist ein liebes Mädchen. Sie ist durch und durch gut!"
„Oh, und du bist durch und durch blöde", lachte seine Mutter und vergaß sogar für einen Augenblick ihre Schmerzen. Seit dem Sturz heilte nichts mehr. Sogar ihr altes Rheuma war wieder da. Als hätte der Herrgott entschieden, dass es jetzt mit ihr bergab gehen müsste.
„Du bist geblendet. DAS ist es, wovor ich immer Angst hatte. Hast du dir einen nassen Finger geholt? War es das? Ja? Hast du den Finger in sie stecken dürfen? Meine Güte, die Kerle sind alle gleich …" Nun aber verzog sie voller Schmerzen ihr Gesicht. Sie hatte sich beim Reden bewegt und sofort stach ein stechender Schmerz durch ihr Bein. Der Fuß war noch immer dick und geschwollen.
„Ich möchte nicht, dass du so über sie redest!", rief Jacob nun und sah sie voller Verwunderung an. Er wusste nicht, dass seine Mutter so reden konnte. Er hatte

sie für eine andere gehalten und nun musste er feststellen, dass sie mehr von diesen Dingen wusste als er selber. Er WUSSTE, was sie meinte, aber er traute sich nicht, es sich näher vorzustellen.
Und außerdem lag sie völlig falsch. Chiara war nicht so eine. Er hatte weder einen Finger in sie gesteckt, noch sonst irgendetwas Versautes getan. Sie war rein, sie wollte das nicht. Sicher, sie hatte ihm gewisse Dinge angeboten, aber das waren saubere Dinge, es waren Dinge, die man tat, wenn man sich liebte. Es war natürlich und dennoch hatten sie es nicht getan. Amalia hatte keine Ahnung.
Jacob war verwirrt. Einerseits war er fassungslos über seine Mutter, auf der anderen Seite war er aber nun erregt. Die Vorstellung, den Finger in Chiara stecken zu dürfen. Dort wo dieser Schlitz war. Genau zwischen ihren Beinen … er war erregt und wütend zugleich.
„Chiara würde so etwas nie machen und ich auch nicht. Wir lieben uns. Wir reden nur miteinander. Wir warten bis nach der Hochzeit …"
„Ach du lieber Himmel. Mein Sohn ist verrückt. Alle Sicherungen durchgebrannt. Total meschugge. Nun ja, ist vielleicht auch meine Schuld. Ich hätte dir rechtzeitig beibringen sollen, wie das geht. Nun ist es zu spät. Also, ich sage es ungern, aber du bist ein verklemmtes und dummes Kind. Diese kleine Chiara da im Keller ist dir haushoch überlegen. Die wickelt dich um den Finger und du merkst es nicht. Du bringst sie um oder ich mache das!"
„NEIN!" Nun brüllte Jacob und stellte sich kampfbereit vor der Türe auf, als würde er dort einen Schatz beschützen müssen. Amalia sah ihn amüsiert an, dann raffte sie sich auf. Sie ächzte, als sie sich erhob, verzog das Gesicht vor Schmerzen, aber dann saß sie. Ihre Füße baumelten herunter und sie griff nach ihrem Krückstock, dann stützte sie sich auf und hievte sich langsam nach oben. Jacob stand da, sah ihr zu, half ihr aber nicht. Er sah sie nur fassungslos und unschlüssig an. Amalia humpelte nun, auf dem Stock gestützt in die Küche und kam wenig später mit einem riesigen Fleischermesser zurück.
„Mach das nicht, ich werde dich hier nicht durchlassen!", rief Jacob und Amalia verzog spöttisch ihre bläulichen Lippen. Sie glänzten feucht und Jacob ekelte sich.
„Willst du die ganze Nacht da stehen bleiben und Wache halten? Irgendwann wirst du schlafen und dann gehe ich runter und steche diese kleine Kröte ab!"
Jacob schüttelte den Kopf.
„Nein, das wirst du nicht. Denn ich werde unten schlafen und auf sie aufpassen. Verstehst du denn nicht? Sie IST die perfekte Frau. Ich habe sie erschaffen. Ich habe sie gefunden, geformt und nun ist es soweit. Warum siehst du es nicht?"
„Weil es nicht so ist, du dummer kleiner Junge. Sie ist ein durchtriebenes Stück. Sei ehrlich. Sie hat dir ihre Titten gezeigt, ja? Dann hast du sie anfassen dürfen. Stimmt das soweit?"
Jacob schüttelte den Kopf, er hatte Tränen in den Augen. Es stimmte, was sie sagte. Alles. Als hätte sie es gewusst, als wäre sie dabei gewesen. Wie konnte das sein?

„Dann hat sie dir gesagt, wie sehr sie dich mag und dass sie mehr will. Hat sie dir auch ihre kleine Pflaume gezeigt? Ja? Hat sie dich da auch drangelassen? Traue ich ihr durchaus zu …“
Jacob ballte die Fäuste. Sie war NICHT dabei gewesen. Sie wusste NICHTS. Es war einfach ihre Art, Unheil zu stiften. Diesmal aber hatte sie sich vertan.
„Nichts von dem, was du sagst. Sie hat mir ihr Geschlechtsteil nicht präsentiert und ich habe es auch nicht angefasst …“, sagte er leise, mit einem gewissen Triumph in der Stimme und Amalia legte das Messer langsam auf den Tisch.
„Aber der Rest stimmt, oder? Ich sehe es dir an. Meine Güte … Ihr Geschlechtsteil … du musst noch sehr viel lernen, mein Junge. Die Kleine da unten ist dir so hoch überlegen, du wirst auf die Schnauze fallen. Lass dir helfen.“
Aber Jacob blieb stur. Er schüttelte nur den Kopf, dann sagte er:
„Nein. Ich will Chiara und ich gebe sie nicht mehr her, da kannst du machen, was du willst.“
Dann drehte er sich um, ging hinunter in den Keller.
Chiara spielte mit ihrem Gameboy und sah kaum auf, als er kam, aber sie lächelte. Sie schien sich zu freuen. Jacob spürte, wie das Blut in seinen Ohren rauschte. Sie sah wie ein Engel aus. Sie mochte ihn. Sie freute sich, wenn er zu ihr kam.
Er ging auf das Bett zu, setzte sich auf den Rand und besah sie sich genauer. Sie war klein, vielleicht zwei Köpfe kleiner als er, aber er fand das schön. Frauen sollten kleiner sein als ihre Männer. Ihre Figur war sehr fraulich, ihre Brüste waren gut entwickelt, sie hatte schmale Hüften und einen schönen Hintern. Ihre Beine waren schlank, gut geformt und er konnte die glatte Haut sehen. Chiara trug eine kurze Hose und ein weißes T-Shirt. Ihre Haare hingen ihr fast bis auf die Brust hinab, glänzten golden und verliehen ihr eine Sanftheit, die er bis ins Herz fühlen konnte.
„Ich hatte Streit mit Mutter“,
sagte er und Chiara verzog das Gesicht. Sie legte das Spielgerät beiseite, sah ihn traurig lächelnd an, dann sagte sie:
„Ich kann mir vorstellen, wie schwer das für dich ist. Es tut mir leid, ich möchte nicht, dass ihr euch wegen mir streitet.“
Jacob nickte.
„Ja, es ist schlimm. Es wäre schöner, wenn wir einfach eine Familie wären … ich wünschte mir das so ...“
„Das wünsche ich mir auch …“ Chiara sang es fast, es klang, als wäre eine Sommerbrise in sein Herz gefahren und Jacob hörte sein Blut lauter in den Ohren rauschen. Sein Herz klopfte, als er nun sagte – nicht fragte, sondern sagte:
„Ich werde heute Nacht hier bei dir schlafen. Sicher ist sicher. Ich kann Mutter nicht mehr trauen. Ich habe Angst um dich und werde dich nicht mehr alleine lassen!“
Chiara war erschrocken, aber auch direkt in Alarmbereitschaft. Was hatte das zu bedeuten? Was verschaffte ihr das für neue Möglichkeiten? War es Zeit, DAS zu

tun, was sie tun wollte? War es der Zeitpunkt, um ein für allemal Klarheit zwischen ihnen zu schaffen? Sie durfte ihre Freude nicht zeigen, durfte nicht ihre wahren Gefühle verraten, also tat sie erstaunt.
„Du willst hier bei mir im Bett schlafen?“
„Nein, ich werde auf einer Luftmatratze auf dem Boden liegen. Nur für alle Fälle.“
Chiara sah ihn verwirrt an, obwohl sie genau wusste, was sie als Nächstes sagen würde. Sie wartete einen Augenblick, dann sagte sie:
„Das kommt gar nicht infrage. Du wirst nicht auf dem Boden liegen, während ich hier im warmen und weichen Bett liege. Du wirst mit mir hier im Bett sein. Wir können ja auch einfach nebeneinander liegen. Da ist nun nichts dabei.“
Jacob lächelte gequält. Er schämte sich. Er wusste, dass man im Schlafanzug seine Erregung sehen könnte. Er wusste, dass er sie unweigerlich haben würde, sobald er nur in ihrer Nähe war. Er war aufgeregt. Er war voller Angst und ihm schossen Bilder durch den Kopf, die er nicht abstellen konnte. > Steck den Finger in sie rein< brüllte es in ihm und er fühlte, wie ihm schwindelig wurde.
„Was hast du?“, fragte Chiara, „du siehst so krank aus. Was ist los?“
„Nichts.“ Jacob winkte ab. „Es belastet mich nur etwas, der ganze Streit mit Mutter. Sie will ja eigentlich nur mein Bestes, aber ich werde nicht mehr auf sie hören. Ich weiß selber, was gut für mich ist und DU bist gut für mich …“
Sie lächelten sich an.
„Ich werde nun nach oben gehen und mein Schlafzeug holen …“, sagte Jacob und machte Anstalten aufzustehen, aber Chiara hielt ihn erschrocken fest.
„Nein, geh nicht. Ich habe Angst. Ich brauche dich jetzt hier. Bleib hier. Du brauchst kein Schlafzeug. Wir werden uns einfach so hinlegen. Wir können ja in Unterwäsche schlafen.“
Jacob rauschte das Blut nun so laut in den Ohren, dass er ihre nächsten Worte fast gar nicht mitbekam, die Vorstellung, nur in Unterhosen neben ihr zu liegen, zu WISSEN, dass sie nur im Slip neben ihm liegen würde, ließ ihn beben.
Chiara sagte gerade:
„Und ein wenig kuscheln darf ja noch erlaubt sein zwischen Menschen, die sich mögen und heiraten wollen.“
Jacob nickte. Er hätte nun zu allem genickt, was sie sagte, er hätte allem zugestimmt, die Vorstellung so neben ihr zu liegen war einfach zu verlockend.
Er ging zur Türe, schloss von innen ab und meinte dann:
„So, jetzt kann sie nicht mal reinkommen. Wir sind total unter uns.“
Chiara täuschte ein Gähnen vor. Dennoch fragte sie:
„Was hast du eigentlich für eine Narbe da an deinem Ohr?“ Jacob sah sie kurz irritiert an, dann lächelte er.
„Das ist eine böse Geschichte, die erzähle ich dir aber ein andermal ... Wir sollten jetzt einfach schlafen!“
„Ich bin auch total müde. Ich denke, wir sollten uns wirklich schlafen legen.“
Sie zog sich ihr T-Shirt über den Kopf, saß mit bloßem Oberkörper auf dem Bett, beachtete Jacob aber nicht weiter. Sie zog nun auch ihre kurze Hose aus

und legte sich nun, nur mit ihrem dünnen Slip bekleidet hin, ohne sich zuzudecken. Jacob starrte sie von der Türe aus an.
„Na los, zieh dich aus und leg dich hin. Ich bin wirklich müde …", sagte Chiara und sie hoffte, er würde ihr Lachen in der Stimme nicht hören.

März 2005

Er hatte es nicht gesehen. Er hatte nicht darauf geachtet und nun war es zu spät. Das Mädchen lag in seinem Keller und lächelte ihn an. Ihr rechtes Bein war deutlich kürzer als das linke. Aber war das so schlimm? Ein Makel vielleicht, aber nicht schlimm. Nicht für das, was er wollte. Amalia hatte gelacht und war nach oben gegangen. Sie schüttelte nur lachend den Kopf und rief:
„Du solltest dir die Kinder vorher genauer ansehen, als nächstes bringst du noch eine mit einem Buckel …"
Jacob wusste gar nicht, was sie hatte. Seine Mutter konnte manchmal so kleinlich sein. Das Kind war doch ok? Ihn wunderte nur, warum das Mädchen so vertrauensselig war. Sie lächelte, schien keine Angst zu haben und war zugänglich. Jacob war fasziniert von ihr. Da spielte das Bein keine Rolle. Bemerkt hatten sie es erst, als die Kleine durch den Raum gehumpelt war und in die Spielecke wollte. Erst da hatte Amalia aufgelacht und war nach oben gegangen. Dabei war alles so gut gelaufen.
Jacob war nach der Arbeit noch stundenlang herumgefahren und hatte nach einem Mädchen gesucht. So wie fast jeden Tag nach der Arbeit. Meistens erfolglos, manchmal aber auch reichte es ihm, die Mädchen einfach nur zu beobachten. Sie anzusehen und sich vorzustellen, WAS wäre WENN.
Manchmal reichte ihm das, er befriedigte sich dann dabei und fuhr wieder nach Hause. Musste es denn immer direkt eine Entführung sein? Er konnte nicht wahllos Mädchen verschleppen und umbringen. Er war ein Mensch! Und diese Kinder waren auch Menschen. Hatten Rechte. Das Recht zu leben. Das Recht,

nicht eingesperrt zu werden. Warum also tat er das alles? Für seine Mutter. Er wusste es, er wusste, WARUM er so handelte, aber er fand keine Lösung, etwas dagegen zu tun. Das Leben war schwer und ungerecht.
Am Vortag hatte er drei Mädchen gesehen, die mit dem Fahrrad gefahren waren. Sie fuhren an einer alten Mühle vorbei, rasteten, lachten miteinander, fuhren weiter und er hatte sie beobachtet. Heimlich, im parkenden Auto. Er war immer wieder ein Stück gefahren, hatte dann gehalten und sie wieder beobachtet. Ihre Körper, ihre Figuren. Eine hatte ein Kleid an und ihre wehenden Stoffe hatten ihn fasziniert. Die Haare flatterten im Wind und er sah den schlanken Hals. Er sah ihren Mund, wenn sie lachte und er spürte nicht die Träne, die sich in seinen Augen gebildet hatte. Wie gerne hätte er diesen Mund berührt. Einfach nur mal angefasst. Wie gerne hätte er ihr Kleid berührt. Oder ihre Haare. Er stellte es sich vor und wenn es ihm dann kam, dann war er befriedigt, fuhr nach Hause und ging einfach seiner Tätigkeit weiter. Er aß mit seiner Mutter, er sah mit ihr fern, er ging ins Bett, er ging zur Arbeit und dann war er wieder unterwegs, sah nach anderen Mädchen und so träumte er sich sein Leben zusammen.
An diesem Tage war er wieder zu der alten Mühle gefahren. Er hatte gehofft, die Rad fahrenden Mädchen wiederzutreffen, aber sie waren nicht dort. Enttäuscht hatte Jacob dort gewartet, war ein wenig durch den nahen Wald gelaufen, aber heute war es kälter und kein Mensch zu sehen. Als er wieder zu seinem Auto zurückging, sah er es.
Ein Mädchen war an der alten Mühle, spielte mit dem Wasser am Rad und achtete überhaupt nicht auf ihn. Verwirrt sah er sich um, aber hier war niemand sonst. Das Kind war alleine. Er schätzte sie auf zwölf, vielleicht jünger, ihr Körper war fraulicher als der einer Zwölfjährigen, aber das gab es ja schon mal. Sie saß auf einem Betonbecken, hielt die Hände ins Wasser und lachte vor sich hin. Jacob ging auf sie zu, setzte sich neben sie und zu seinem grenzenlosen Erstaunen, lächelte sie ihn an.
„Na, was machst du denn hier alleine?“,
fragte er sie und das Kind lachte ihn offen an.
„Ich spiele hier.“
„Spielst du hier oft?“
„Nein, nur manchmal“
„Aha. Ich kenne auch einen tollen Platz. Da gibt es eine Menge Spielzeug.“
„Zeigst du mir das?“, fragte sie und Jacob konnte sein Glück nicht fassen.
„Ja, es ist nicht weit von hier!“, sagte er und sie kam tatsächlich freiwillig zu seinem Auto. Er ging vor, sie ging hinter ihm und er sah nicht, wie sie hinkte. Er wagte sich auch nicht, sich umzudrehen, vielleicht würde sie in seinem Gesicht seine Absichten lesen können. Also hoffte er nur, er brauchte ihr keine Gewalt anzutun und tatsächlich ließ sie sich auf dem Beifahrersitz nieder und strahlte ihn an.
Erst als er seine Mutter geholt hatte und das Kind zu den Spielsachen ging, bemerkte er die Behinderung. Nun saß er hier und sah ihr zu, wie sie mit den

Puppen spielte, als wäre sie erst sieben oder acht Jahre alt. Sie schien ihn völlig vergessen zu haben und Jacob lächelte sie an.
„Ich gehe mal nach oben zu Mutter. Spiel du ruhig, ich bringe dir nachher das Essen."
Sie beachtete ihn nicht weiter und Jacob ging nach oben. Seine Mutter empfing ihn mit einem bösen Grinsen und als Jacob fragte, was los wäre, machte sie den Fernseher lauter.
„Ein behindertes Mädchen wird gesucht. Sie ist schon öfter mal davongelaufen, nun machen sich die Betreuer Sorgen. Sie ist körperlich UND geistig behindert. Sie ist siebzehn Jahre alt und KEIN Kind mehr. Du hast hier einen bescheuerten Krüppel angeschleppt. Wie doof kann man sein?" Amalia lachte, sie schien wirklich Vergnügen an der Situation zu haben, aber Jacob wusste immer noch nicht, was er sagen sollte. Redeten sie von dem Kind in seinem Keller? Siebzehn Jahre? Das konnte doch nicht sein, sie verhielt sich wie ein Kleinkind. Allerdings – körperlich war sie entwickelt, das hatte er auch schon bemerkt. Sollte er tatsächlich eine Behinderte entführt haben?"
„Das ist DIE PERFEKTE Frau für dich!", lachte Amalia brüllend auf, schlug sich vor Freude auf die Schenkel und Jacob sah sie böse an.
„Dafür kann sie nichts. Ich habe nichts bemerkt. Sie machte einen so … unschuldigen Eindruck auf mich."
„Na klar, unschuldig ist sie bestimmt noch … und dass du nichts merkst, war mir schon lange klar", lachte Amalia und Jacob starrte sie an. Sie wirkte wie eine kleine, dicke, gehässige Kugel auf ihn und ein leichter Widerstand regte sich in ihm. Wie konnte sie ihm das antun? Warum beleidigte sie ihn? Warum machte sie sich über ihn lustig? Warum demütigte sie ihn so? Immer öfter kamen solche Sachen vor und Jacob überlegte, ob es an ihm oder an ihr lag. Er mochte es nicht, wenn sie so war, er mochte es nicht, wenn sie solche Sachen zu ihm sagte, aber er wagte es nicht, sie zu kritisieren.
„Und jetzt? Was sollen wir machen?", fragte er und kam sich klein und dumm vor, doch Amalia schien nicht böse, sondern eher absolut amüsiert zu sein, als sie sagte:
„Ich mach das schon. Du hast für heute genug Dummheiten gemacht. Geh schlafen, Morgen sieht die Welt schon anders aus."
Jacob gehorchte. Er ging in sein Kinderzimmer, zog sich aus, den Schlafanzug an, dann legte er sich schlafen. Der Körper des Mädchens war dennoch schön gewesen. Auch wenn sie behindert war, sie hatte frauliche Rundungen und er mochte ihr Lachen. Sie war so freundlich, so offen. Kein Kind war bisher so zu ihm gewesen und er überlegte, ob es nicht tatsächlich besser war, solch ein Wesen zu behalten als ein schreiendes, ängstliches, widerspenstiges Kind. Irgendwann aber schlief er ein und er wurde erst wach, als Amalia in seinem Zimmer stand.
Verwirrt sah er auf den kleinen Wecker neben seinem Bett, es war viel zu früh um aufzustehen und er blinzelte seine Mutter an, die in der Türe stand und sagte:

„Raus aus den Federn. Vor der Arbeit muss noch was erledigt werden. Ich habe das blöde Ding erledigt, du musst es aber entsorgen!"
Jacob verstand im ersten Augenblick nicht, was sie meinte. Er wusste nicht, was sie von ihm wollte und über was sie sprach, dann aber kam die Erinnerung und er fragte vorsichtig:
„Was meinst du damit? Was hast du getan? Hast du ihr etwas angetan?"
Amalia stemmte ihre kurzen, dicken Arme in die Hüften und sah ihn streng an.
„Was glaubst du, was ich sonst hätte tun sollen? Ich habe das blöde Ding erstochen. Die war zu dumm, einen Eimer Wasser umzustoßen. Also jetzt verärgere mich bloß nicht. Ich habe dir die Arbeit abgenommen. Aber sie ist mir zu schwer. Wir müssen sie zerstückeln und dann in Einzelteilen entsorgen. Ich weiß auch schon wie ..."
Jacob sprang aus dem Bett. Fassungslos stand er vor ihr und er schüttelte den Kopf, als würde er immer noch schlafen und hätte nur einen schlechten Traum.
„Du hast sie getötet? Aber warum? Sie war lieb, sie war nett!"
„Sie war nicht wert zu leben. Ein Krüppel. Ein Kretin. Abfall. Was regst du dich so auf? Wolltest du so was zu deiner Frau machen?" Amalia schüttelte angewidert mit dem Kopf. „Zuzutrauen wäre es dir ja …"
Jacob fühlte, wie alle Wärme aus ihm wich. Es war ihm, als wäre er in eine kalte Schlucht gefallen. Er bekam plötzlich kaum noch Luft. Seine Mutter wirkte wie ein Monster auf ihn und er musste sich setzen. Wie konnte sie nur ... Er sah sie an, Tränen in den Augen, dann sagte er:
„Das war das letzte Mal. Ich kann das nicht mehr. Ich will das nicht mehr. Du bist kein Mensch!"
Die Ohrfeige, die ihn traf, erschreckte ihn mehr, als das sie schmerzte. Er sah sie entsetzt an und Amalia holte erneut aus ihn zu schlagen, doch jetzt hielt er ihren Arm fest.
„Du schlägst mich nicht mehr. Du wirst mich nie wieder anfassen!", sagte er und sie sah etwas in seinen Augen, das sie vorher nicht bemerkt hatte. Jacob war kein Kind mehr. Da war etwas in seinen Augen, das sie an seinen Vater erinnerte. Etwas, das ihr Angst machte. Sie zog die Hand zurück, sah ihn verächtlich an, dann ging sie zur Türe.
„Mach, was du willst, aber wir müssen sie entsorgen."

Als Jacob im Keller stand, weinte er offen. Er ließ seinen Tränen freien Lauf und zum ersten Mal im Leben verfluchte er seine Mutter. Er nahm sich vor, in Zukunft nicht jede Anweisung von ihr zu befolgen. Es wurde Zeit, dass er lernte, selber Entscheidungen zu treffen. Auch wenn er dann mit den Konsequenzen leben musste.
Er sah das Mädchen an und versuchte sich emotional von ihr zu entfernen. Er versuchte sie als Sache zu sehen, aber es gelang ihm nicht. Sie lag auf dem Bett, ihr Oberkörper war voll von dunklem, getrocknetem Blut. Ihre Augen waren weit aufgerissen und starrten an die weiße Decke. Ihre Beine standen in einem unnatürlichen Winkel voneinander ab, sie wirkte wie eine hingeworfene Puppe

und es tat ihm weh, sie so sehen zu müssen. Und wieder gab er ein Stück von seiner Seele an sie ab. Es starb unwiederbringlich, es verlor sich in den Tiefen der Ewigkeit und Jacob wusste, dass er so auf Dauer WIRKLICH sterben würde. Viel blieb ihm nicht mehr. Die anderen Kinder tanzten vor seinen Augen, lachten ihn aus, zeigten mit ihren Fingern auf ihn und er schämte sich. Er weinte immer noch, aber nun waren es Tränen der Wut. Wut auf seine Mutter.

Zwei Tage später war sie verschwunden. Er hatte sie zerteilt, in Stücke geschnitten und dann in einem Behälter mit Säure aufgelöst. Es blieben Knochenstücke übrig, es blieben Fetzen von Fleisch übrig, eine zähe Masse, die er dann in einem Sumpfgebiet entsorgte. Sie war vom Angesicht der Erde verschwunden und niemand würde sie je finden. Aber sie lebte in ihm weiter. In seinem Herzen, in seiner Erinnerung und dort fand sie einen ruhigen und sonnigen Platz. Er hatte für sie ein Stück von sich selber geräumt, abgestorbene Stücke seiner Seele hatten ihr Platz machen müssen und nun wohnte sie für immer in seiner Erinnerung. Dort war sie weiter am Lachen, dort spielte sie mit ihren Puppen und dort war sie glücklich. Aber Jacob litt an diesem Wissen, litt an der Erinnerung, litt an seinem verlorenen Ich.
Während er sie zerteilt hatte, dachte er an andere Dinge. Er dachte an seine Arbeit, an Zeiten, in denen er glücklich gewesen war. Jede Erregung war erloschen, jedes Lächeln erstorben. Er hatte gearbeitet und das getan, was er hatte tun müssen. Aber mit jedem Augenblick, den er damit befasst gewesen war, hatte er sich auch von seiner Mutter entfernt. Zu seiner grenzenlosen Liebe und Abhängigkeit war nun auch eine gute Portion Hass, Abscheu und Ekel gekommen. Noch merkte er es nicht offen, aber der Same war gesät ...

Oktober 2010

Er lag im Dunkeln und versuchte sich an das Gefühl zu erinnern. Versuchte es erneut zurückzuholen, versuchte es sich einzuprägen, um es nie wieder zu vergessen. Es war der höchste Augenblick in seinem Leben gewesen.
Nachdem er gesehen hatte, wie Chiara fast nackt auf dem Bett gelegen hatte, nachdem sie ihn aufforderte, sich selber auch auszuziehen, hatte er das Licht gelöscht. Nur eine Art Notbeleuchtung war wie eine Nebelwolke im Zimmer gewesen. Er konnte ihren Körper sehen, schemenhaft, bleich, ihre Umrisse glänzten in der knappen Notbeleuchtung und ihre nackte Haut sah weiß aus. Jacob hatte sich umgedreht und war aus seinen Hosen gestiegen, dann hatte er auch seinen Pulli ausgezogen und war zum Bett gegangen. Chiara hatte sich zur Seite gerollt und Jacob legte sich vorsichtig neben sie. Er meinte fast, ihre Wärme zu spüren, sie strahlte bis zu ihm, wärmte ihn, erregte ihn. Seine eigene Erregung war ihm eigenartigerweise nicht mal mehr peinlich. Seine Unterhose stand vorne ab und es gefiel ihm. Chiara musste es bemerkt haben, hatte es sicherlich gesehen und er meinte, sie würde es verstehen, nicht über ihn lachen und so machte er sich nichts weiter daraus. Er lag neben ihr, versuchte sich nicht zu bewegen. Er hatte Angst. Er wusste nicht, was er tun sollte. Er wollte nicht reden, wollte sich nicht bewegen, wollte sie nicht anfassen, er hatte ganz einfach keine Ahnung, was als Nächstes passieren würde, aber er wusste, DASS etwas passieren würde.
Chiara schnurrte wie eine Katze, schmiegte sich ein wenig an ihn und dann fühlte er ihre Hand. Sie war warm und sanft und weich. Die Hand lag auf seiner Brust, spielte mit seinem Brusthaar, dann wanderte sie langsam hinunter, fühlte über seine Rippen und nun wagte Jacob nicht mal mehr zu atmen. Er hielt einfach die Luft an, meinte, jeden Moment explodieren zu müssen. Das war ein Gefühl, das er noch nie erlebt hatte. Ganz langsam ließ er die Luft entweichen und Chiaras Hand wanderte weiter nach unten. Über seinen flachen Bauch, dann waren ihre Finger am Rande seiner Unterhose. Sollte er sich wegdrehen? Etwas sagen? Irgendwie reagieren? Er fühlte sich gelähmt. Unfähig etwas zu tun. Die Führung übernehmen? Wie denn? Sie hätte ihn töten können, er hätte sich nicht mal bewegt. Er achtete nur noch auf ihre Finger und fast war er enttäuscht, als sie nicht weiter nach unten wanderten, sondern von ihm abrutschten und seine Hand suchten. Er fühlte ihre Hand in seiner und dann nahm sie seine Hand und führte sie zu ihrem Körper. Nun war er wieder in einer gespannten Erwartung. Was hatte sie vor? Was sollte er tun? Sie nahm seine Hand und legte sie sich auf ihren Bauch. Es war so warm, so weich, so unnatürlich schön. So etwas hatte er noch nie gefühlt. Er achtete auf jede Bewegung von ihr. Er spürte sie atmen. Er spürte sie, fühlte sie und die Wärme ihres Körpers sprang auf ihn über. Er ließ seine Hand flach auf ihrem Bauch liegen, aber sie führte seine Hand weiter. Sie spielte mit seinen Fingern, sie zog daran, sie streichelte seine Hand und drückte sie dabei immer ein Stück tiefer. Er fühlte eine leichte Vertiefung. Der Unterbauch. Leichter Flaum, aber sehr weiches Fleisch. Jacob summte das Blut

in den Ohren. Er achtete nicht darauf. Seine Finger ertasteten nun den Rand ihres Slips. So dünn, so fein. So erregend. Er wagte nicht, etwas von sich aus zu tun, von sich aus die Finger zu bewegen und wartete ab, was sie als Nächstes machen würde. Sie legte nun ihre ganze Hand auf seine, drückte sie ein wenig, als forderte sie ihn zu etwas auf, das er nicht begriff, dann zog sie mit ihren Fingern ihren Slip ein wenig nach oben und seine Finger bewegten sich UNTER den Slip. Sein Herz klopfte laut und störte ihn fast bei dem, was er nun machte. Er streckte einen Finger aus und streichelte die weiche Haut darunter, fuhr ein wenig tiefer und zuckte dann fast erschreckt zurück. Er hatte eine Vertiefung gefühlt. Er hatte den Anfang eines Schlitzes ertastet und zuckte zurück, aber ihre Hand hielt ihn fest. Sie drückte ihn erneut und sie seufzte dabei auf. Vorsichtig streckte er den Finger erneut aus und nun fuhr er mit dem Finger die Spalte entlang. Sie war nicht behaart, Chiara rasierte sich täglich und er konnte nicht mal Stoppeln fühlen. Es war so unsagbar weich und schön und er fuhr diese Rille immer entlang, von oben nach unten, von unten nach oben und dann drückte ihre Hand seine Hand noch weiter nach unten und gleichzeitig spreizte sie ihre Beine ein wenig. Ihre Hand drückte nun auf seinen Finger und er fühlte eine Nässe, eine warme, eine angenehme Nässe und er wusste nun, wo er war. Ihre Finger drückten seinen Finger nun hinein, drückten ihn IN SIE hinein und nun war er mit dem Finger in ihr. Es war so heiß da bei ihr, so nass und heiß und so schön und so unsagbar erfüllend. Als gäbe es im Leben keinen anderen Sinn mehr. Er wusste, dass er darauf nie wieder verzichten wollte.

Nun fühlte er, wie sie seinen Finger nahm und Bewegungen damit vollführte. Er lernte schnell, machte die Bewegungen bald von ganz alleine und sie stöhnte lustvoll auf. „Jaaaa“, flüsterte sie in sein Ohr und er kniff die Augen zusammen, als er spürte, wie es ihm kam. Er ejakulierte in seine Unterhose hinein und es war ihm nicht unangenehm oder peinlich. Es war natürlich. Sie war seine Frau, das war normal so. Er stöhnte nun ebenfalls und dann zog er langsam seinen Finger aus ihr heraus. Er lag weiter auf dem Rücken, wagte nicht, sich zu bewegen. Chiara drehte sich nun ein wenig, kuschelte sich an ihn und dann hörte er ihre gleichmäßigen Atemzüge. Sie war eingeschlafen. Vorsichtig zog er mit einer Hand die leichte Decke über sie beide, dann lag er mit offenen Augen da und genoss den Augenblick. Hier lag er nun. Eine Frau lag neben ihm. Er war mit seinem Finger in ihr gewesen und ihr hatte es gefallen. Sie wollte es. Sie lag nun neben ihm, schnurrend wie eine Katze und an ihn gerollt. Er fühlte sich als Mann, er fühlte sich WERTVOLL. Alles hatte nun einen Sinn. So sollte es sein. So war die Natur, darin lag der Sinn der Menschheit.

Jacob atmete leise. Nur nicht wecken. Nur nicht erschrecken. Ganz leise sein. Er genoss das Gefühl, versuchte sich zu erinnern, wie es gewesen war. Versuchte den Augenblick immer und immer wieder in seiner Erinnerung zu erleben. Es war so fantastisch gewesen. Wie würde es erst sein, wenn er mit ihr schlafen würde? Wenn sie Kinder zeugen würden? Er stellte sich vor, wie er auf ihr liegen würde. Wie er zuerst mit der Hand fühlen würde, wo die Stelle war, um

dann mit seinem Ding in sie einzudringen. War es genauso nass? Würde er die Nässe fühlen? Wäre es ebenso schön wie mit dem Finger?
Jacob spürte, wie er erneut erregt wurde. Was war nur mit ihm los? Normalerweise war er nach einem Orgasmus müde. Er konnte dann zufrieden einschlafen, aber jetzt lag er hier wach, war erregt, sein Herz raste immer noch und er schwankte zwischen einer tiefen Enttäuschung und einem nie gekannten Glücksgefühl. Er wollte mehr, war aber auch damit zufrieden, was er bisher erreicht hatte. Mehr wäre verkehrt. Zu früh. Er wollte ihr nicht wehtun. Sie nicht drängen. Sie sollte es bestimmen, sie sollte den Zeitpunkt wählen. Er achtete auf ihre Atmung, dann, als er sicher war, dass sie schlief, fasste er sich an. Er nahm sein Ding in die Hand und er brauchte nicht mal lange, bis er erneut kam. Es war so gewaltig, dass er mit den Zähnen knirschte. Aber er wagte nicht zu stöhnen oder einen anderen Laut von sich zu geben. Er durfte sie nicht wecken. Er würde neben ihr liegen und über sie wachen. Ihr durfte nichts geschehen. Niemand würde sie ihm wegnehmen. Seine Mutter würde nicht mal mehr in ihre Nähe kommen, dafür würde er schon sorgen. Chiara war wichtig für ihn. Wichtiger als Amalia. Seine Mutter.
Chiara war nun seine Frau. Sie war seine Ehefrau, schließlich lagen sie zusammen im Bett, hatten zusammen Sex gehabt und sie liebten sich. Er hatte ihr seine Liebe gestanden und auch sie hatte ihre Gefühle zu ihm geäußert. Es war eine natürliche Sache und wenn seine Mutter das nicht verstehen konnte, verstehen wollte, dann hatte sie eben Pech gehabt. Sie würde ihm das hier nie geben können, würde ihm das nie ersetzen können.
Ekel kam in ihm hoch, wenn er an seine Mutter dachte. An Amalia, wie er sie für sich nur noch nannte. Amalia, die dick und mit bläulichen, dünnen Lippen sein Leben lenkte und nicht immer die besten Entscheidungen für ihn traf, soviel konnte er bereits erkennen. DIESE Entscheidung hier war ganz bestimmt nicht in ihrem Sinne. Er lächelte bei dem Gedanken, dass sie davon wissen könnte und dann nahm er sich vor, mit ihr darüber zu reden. Sie musste einsehen, dass er von nun an ein neues Leben führen würde. Sie musste lernen, dass er jetzt ein selbständiger Mann war, der liebte, der eine Familie wollte und der von einer glücklichen Zukunft träumte. Amalia würde es verstehen MÜSSEN … sonst … sonst? Was war sonst?

November 2006

Das ganze Jahr schon ohne ein neues Kind und Jacob hatte auch nicht vor, ein Mädchen zu entführen. Das mit dem behinderten Kind hatte gereicht. Es war ja nicht mal ein Kind gewesen, auch wenn ihr Gemüt kindlich gewesen war, sie war eine junge Frau gewesen. Und Mutter hatte sie umgebracht. Einfach weil sie in ihren Augen wertlos gewesen war. Aber wer entschied, ob jemand wertlos war oder nicht? Was war überhaupt der Bemessungsgrad davon, ob jemand etwas wert war oder nicht? War er von Wert? Oder seine Mutter? Wenn jemand entschied, dass sie nicht von Wert war, dann könnte er sie doch auch umbringen? War es nicht eine Anmaßung? War es nicht grenzenlose Überheblichkeit, solch ein Urteil zu fällen? Er konnte seiner Mutter diese Tat nicht verzeihen und mit jedem Tag, den er sie sah, wuchs sein Abscheu ihr gegenüber weiter. Doch noch verehrte und liebte er sie zu sehr, um ihr das auch zu sagen.
Amalia hatte ihn mehrmals gedrängt, endlich etwas zu unternehmen, ein neues Kind zu entführen, aber Jacob war standhaft geblieben. Er weigerte sich einfach und er machte noch etwas, dass er ihr aber nicht sagte. Er wagte sich abends schon mal in ein Tanzlokal. Er stand dann mehr da herum, beobachtete die tanzenden Paare, aber immer wenn er ein wenig in den Fokus rückte, ging er schnell wieder. Er wollte keinen echten Kontakt. Auch wenn er die Frauen dort ansah, wenn er sich vorstellte, wie es wäre, er hatte einfach den Mut nicht für ein reales Erlebnis.
Dann ging Jacob noch einen Schritt weiter. Im September 2006 hatte er sich in einer Agentur angemeldet. Er suchte eine Frau und er suchte Bekanntschaften. Er gab Annoncen auf und sämtliche Post lief über seinen Arbeitsplatz, wo er sich ein Postfach eingerichtet hatte. Es meldeten sich auch einige Damen, deren Briefe er zwar las, denen er aber nicht antwortete, aus Angst, ihnen in Wirklichkeit zu begegnen. Dann aber kam der Tag, an dem er den Mut fand. Der Tag, der in ihm eine Welt zusammenbrechen ließ.
Der Brief, den er von ihr bekommen hatte, war harmlos, liebevoll und sprach ihn an. Das Foto war klein, aber was er sehen konnte, gefiel ihm. Sie war keine Superfrau, ein wenig dicklich, aber das machte ihm nichts aus. Seine Mutter war auch rund und dennoch lieb, jedenfalls empfand er so tief in seinem Innern. Die Frau war blond, zwei Jahre älter als er und hatte bereits eine Ehe hinter sich. Sie war alleinerziehende Mutter eines kleinen Jungen und sie suchte einen Mann, der liebevoll und ehrlich war. Das traf doch alles auf ihn zu? Er ignorierte den Brief zuerst, aber das Foto ließ ihn nicht mehr los. Ihre Augen schienen auf ihn

gerichtet zu sein und nachts, wenn er im Bett lag, sah er ihre Augen immer vor sich. Ein liebevoller Mann. Einer, der ehrlich war. Sie suchte eine Stütze. War schlimm enttäuscht worden. War er derjenige, der ihr das geben konnte, was sie wollte? Er gab sich einen Ruck, schrieb ihr zurück und schilderte ihr sein Leben als Sohn einer Mutter. Er schrieb ihr direkt am Anfang, dass sie seine Mutter akzeptieren müsse, dass sie zu seinem Leben gehören würde und wenn sie damit einverstanden wäre, würde er ihr ein liebevoller und ehrlicher Mann sein.
Fünf schreckliche Tage vergingen, in denen er nichts von ihr hörte, doch dann kam ihr Brief. Sie freute sich. Sie fieberte einem Treffen entgegen und sie hatte auch ein neues Foto beigelegt. Darauf sah sie schon ganz anders aus. Sie saß in einem Badeanzug an einem Strand und lächelte ihn an und wieder schienen ihre Augen nur auf ihn gerichtet zu sein. Er betrachtete sie, ihren Körper und er bekam Angst. Das war kein Kind, das war kein kleines Mädchen, das war eine erwachsene Frau, die bereits ein Kind hatte. Es war eine Frau, die ausgereift und vergiftet war. So wie seine Mutter es immer schilderte.
„Ausgereifte Frauen sind voller Gift. Sie sind verdorben und wollen nur dein Geld, wollen dich lenken und ausnutzen. Vergiss sie …“, hatte Amalia immer gesagt und Jacob erinnerte sich nun daran, als er das Foto betrachtete. Er sah ihren Körper und stellte ihn sich vor, wie er, angefüllt mit Gift, darauf wartete, ihn zu verderben. Dennoch, es gefiel ihm, was er sah und er meinte, alt genug zu sein, um eigene Erfahrungen zu sammeln. Mutter konnte nicht immer nur recht haben.
Jacob verabredete sich mit ihr. Das Treffen sollte an einem Sonntagnachmittag stattfinden, sie hatte ihn zu sich in ihre Wohnung eingeladen. Zu Kaffee und Kuchen. Jacob konnte die Zeit bis dahin kaum verkraften. Er schwankte zwischen grenzenloser Angst und grauenhafter Vorfreude. Was würde passieren? Warum in ihrer Wohnung? War das nicht ein wenig viel für den Anfang? Aber dann sagte er sich, dass er alt genug war, sie war eine reife Frau und was sollte schon passieren?
Seiner Mutter erzählte er etwas von einem Betriebsausflug und sie ließ ihn ziehen, wunderte sich auch nicht, dass er sich seinen besten Anzug anzog und Jacob kaufte Blumen und Pralinen, bevor er zu der angegebenen Adresse fuhr. Er war bereits zwei Stunden vor der vereinbarten Zeit in der Straße, wo sie wohnte, sah sich das Haus an, ging ziellos umher, schwankte immer noch zwischen dem, was er machen WOLLTE und dem, wovor er ANGST hatte. Dann, um 16 Uhr, klingelte er. Jacob wusste nicht, woher er den Mut genommen hatte, aber er war einfach zur Haustüre gegangen, hatte geklingelt und war dann nach oben gegangen. Sie stand in der Türe und lächelte ihn an, zum ersten Mal sah er ihre Augen in Wirklichkeit und er war fasziniert. Es schien ihm, als blickte sie bis tief in seine Seele hinein und er hatte kurz Angst, sie könnte die vielen toten Mädchen sehen, aber ihr Lächeln verriet ihm etwas anderes. Sie bat ihn hinein und er fand sich in einem kleinen, aber gemütlich eingerichteten Wohnzimmer wieder. Ihr Sohn war bei der Oma und sie waren alleine, was ihm auch nur Recht war. Er wusste nicht, wie er sich einem Kind gegenüber

verhalten sollte, vor allem, wenn es das Kind einer zukünftigen Partnerin war. Er mochte die Blicke von Kindern nicht. Sie sahen immer so geradeheraus in ihn hinein, sie senkten nicht den Blick, sie schauten nicht zur Seite, sie sahen einen neugierig und offen an und das konnte er nicht ertragen. Anders, wenn er ein Mädchen in seiner Gewalt hatte. Dann wendeten sie den Blick ab oder schauten ängstlich, aber normalerweise schauten Kinder nicht so. Sie schauten, als gäbe es nichts als die Wahrheit.

Beate trug ein schlichtes Kleid, ihre Haare hatte sie hochgesteckt und sie nahm dankbar lächelnd die Blumen und die Pralinen an, dann bat sie ihn auf dem Sofa Platz zu nehmen.

Seine Angst verflog, Beate war freundlich, trat ihm nicht zu nahe und sie unterhielten sich über seinen Beruf, über die Stadt, über das Leben und das Wetter. Dann kam das Thema auf seine Mutter zu sprechen und Jacob erklärte ihr, was sie für ihn bedeutete. Beate schien Verständnis zu haben. Sie nickte, lächelte und zeigte ihm, dass sie ihn verstehen konnte. Er blühte auf. Es gab ihm Kraft und Stärke. Dann fragte sie ihn nach seinem Verdienst und wem das Haus genau gehören würde und er gab bereitwillig Auskunft. Schließlich war es nur Recht, sie war schon einmal enttäuscht worden und eine Frau brauchte immer eine Art Absicherung. Jacob konnte sich bei dem Thema ja auch nicht blamieren, er verdiente ganz gut und das Haus war bereits auf seinen Namen umgeschrieben. Er war stolzer Hausbesitzer, auch wenn seine Mutter Wohnrecht auf Lebenszeit hatte. Beate schien das alles zu gefallen.

Sie saß etwas später neben ihm und rückte ein wenig näher, was ihn zwar beängstigte, aber in keiner Weise erregte. Er wunderte sich ein wenig darüber, aber es war tatsächlich so. Er roch sie, er spürte sogar ihren Körper, ihre Wärme, aber es erregte ihn nicht. Er stellte sich vor, wie sie mit ihrem Mann geschlafen hatte, stellte sich vor, dass sie eine reife und erwachsene Frau war, fast wie seine Mutter und er fühlte, dass er sie nicht berühren wollte. Sie nicht begehrte. Sie war eine Person für ihn, eine nette Person sogar, aber er nahm sie nicht als FRAU wahr, nicht als eine Partnerin, mit der er Sex haben wollte. Sie reizte ihn nicht. Da war mehr Angst. Was wäre, wenn sie näher kam? Was war, wenn sie ihn küssen wollte? Er mochte es nicht. Nicht bei ihr und gleichzeitig hätte er sie gerne nackt gesehen. Einfach so. Einfach um zu sehen, wie so etwas in Natur aussah. Vielleicht hätte er sich dann nachts an sie erinnert, hätte sich dann in der Erinnerung befriedigt, aber sie tatsächlich anzufassen, nein, was widerstrebte ihm.

Sie verabschiedeten sich und verabredeten sich gleichzeitig für den folgenden Abend.

„Du kannst doch bei mir einen Film ansehen?“

Jacob willigte ein, überlegte aber direkt nach einer Ausrede die er bei seiner Mutter anbringen würde. Normalerweise ging er nicht aus. Aber ihm gefiel die Vorstellung, bei ihr zusammen einen Film zu sehen. Wie mit seiner Mutter, aber das hier war etwas anders. Sie würde vielleicht einen Kuss wollen. Beate hatte schöne Lippen, einen schönen Mund. Anders als der seiner Mutter. Ein Kuss wäre bestimmt interessant, aber mehr wollte er nicht. Ein Körper voller Gift ... Er sagte zu und gleichzeitig hatte er Angst. Dennoch, er fand eine plausible Ausrede für seine Mutter und einen Tag später stand er um 19 Uhr erneut vor ihrer Türe.

Was für eine Überraschung aber, als sie nun die Türe öffnete. Sie trug nun nicht mehr ihr schlichtes Kleid, ihre Haare waren nicht mehr hochgesteckt und sie lächelte nun auch nicht mehr warmherzig, sondern ihr Lächeln glich dem eines Teufels. Sie trug nur einen Morgenmantel und er konnte ihre dicken Brüste sehen, die fast daraus hervorquollen. Ihre Haare fielen in langen Strähnen bis auf die Schultern und ihr Gesicht war geschminkt. Ihre Lippen waren blutrot, als hätte sie eben Kirschen gegessen. Ihre Wangen waren braun gefärbt und sie sah fast so aus wie die Frauen, die er in diesen Magazinen gesehen hatte. Gegen seinen Willen spürte er eine harte Erektion. Gift. Sie war voller Gift und nun würde sie versuchen, ihn zu vergiften. <Unsinn>, sagte er sich. Das ist normal, wir sind erwachsene Menschen und das gehört einfach dazu. Er kam in die Wohnung und war verwirrt. Das Licht war anders, es war dunkler, rötlicher, gedämpft. Das Sofa war voller Kissen, auf dem Tisch stand eine Flasche Sekt und zwei Gläser standen bereit. Gift. Alles voller Gift. Beate half ihm aus seinem Jackett, dabei sah er, dass sie barfuß war. Sie schien unter ihrem Bademantel tatsächlich nichts anzuhaben. Und ihre Stimme war so anders. Sie gurrte so albern, versuchte rau zu klingen. Ihre Augen klimperten so komisch, sie verzog ihr Gesicht so anders, das war eine ganz andere Frau als gestern, das war nicht Beate, das war eine dieser Frauen, vor denen seine Mutter ihn immer gewarnt hatte. Voller Gift. Sie wollte ihn verführen. Er wusste nicht genau, was das für ihn bedeuten würde, aber er war sich nicht sicher, ob er es auch wollte. Beate sang nun leise zu einer Musik, die er erst jetzt bemerkte. Sie schien aus einem anderen Raum zu kommen. Leise und eindringlich. Jacob war wie gelähmt. Sie stand vor ihm und dann ließ sie ihren Bademantel von den Schultern gleiten, stand plötzlich nackt vor ihm. Er betrachtete sie wie ein Insekt. Interessiert, aber nicht erregt. Sie hatte dicke Brüste, die ihr auf den Bauch hingen. Der Bauch selber war auch dick, es waren zwei Fettwülste zu erkennen und an den Hüften hatte sie ebenfalls Speckrollen. Das stieß ihn nicht ab, er registrierte es lediglich, nahm es als Erinnerung auf. Sein Blick glitt tiefer und er sah ein behaartes Dreieck zwischen ihren Beinen. Sie schien die Haare gestutzt zu haben, er konnte zwischen den braunen Haarten den Spalt erkennen und nun regte sich etwas in ihm.

Singend begann Beate ihm nun das Hemd auszuziehen. Sie fuhr dabei mit ihren Händen über seine Brust und dann stand er mit nacktem Oberkörper vor ihr. Sie lächelte, dann küsste sie seine Brustwarzen, was er extrem albern fand. Aber sie machte noch mehr. Sie löste nun seine Gürtelschnalle und dann öffnete sie seine Hose. So etwas hatte noch nie jemand bei ihm gemacht. Noch nie war eine Frau ihm so nahe gekommen und jetzt fühlte er seine Erregung hart und schmerzhaft. Neben der Erregung aber war eine noch viel größere Scham. Er wollte nicht, dass sie ihn so sah. Wollte nicht, dass sie seinen erigierten Penis sah, aber es war

zu spät. Sie hatte ihm einfach seine Unterhose heruntergezogen und sein Ding sprang sie fast an. Sie lächelte, dann leckte sie sich über die Lippen. Sie nahm seine Hoden in die Hand und drückte leicht zu und dann – passierte es. Er verströmte sich fast augenblicklich in ihrer Hand und sie schaute fassungslos darauf. Zuerst verzog sich ihr Mund wie zum Ekel, dann aber begann sie zu lachen. Sie bog ihren Kopf nach hinten und lachte laut los.
„Du bist mir aber einer. Spritzt bei der kleinsten Bewegung ab. Was bist du denn für einer?"
Jacob schämte sich so sehr. Er stand da vor ihr, sein erschlaffendes Glied tropfte auf den Teppich, seine Hosen hingen auf den Knien und sie stand da und lachte, bis ihr die Tränen in den Augen standen.
Jacob wurde sauer. Seine Scham verwandelte sich in Wut und heftig rief er:
„Du bist voller Gift. Du willst, was alle Frauen wollen. Sex, um mich zu vergiften!"
Aber Beate lachte nun nur noch lauter. Sie schien sich kaum einzukriegen und sie schüttelte sich vor ihm. Jacob hörte die Musik, das Lachen, er sah das gedämpfte Licht, er fühlte seine Nacktheit und er kam sich so gedemütigt vor wie noch nie in seinem Leben. Fast wie von alleine flog seine Faust in ihr Gesicht, traf die Nase und ließ sie aufplatzen. Endlich war das Lachen vorbei. Endlich war Ruhe. Aber nur einen kleinen Augenblick, dann begann sie hysterisch zu kreischen. Sie schrie, gurgelte, weil ihr das Blut in den Mund rann und sie keuchte. Sie war nach hinten geflogen, gegen den Wandschrank gekracht und da stand sie nun. Blutend und nackt und widerlich. Jacob zog sich schnell seine Hosen hoch, rannte aus der Wohnung, zu seinem Auto und dann fuhr er schnell nach Hause.
Mutter hatte recht gehabt. Warum hatte er nicht direkt auf sie gehört? Warum meinte er, alles besser wissen zu müssen? Sie wusste schon, was gut für ihn war und was nicht. Diese Weiber waren voller Gift. Sie waren böse und falsch. Sie waren verdorben und gemein. Er weinte während der Fahrt. Er wusste nicht, was er falsch gemacht hatte. Sie wollte doch Sex? Aber er wusste auch, dass er nicht weiter Annoncen aufgeben würde. Dass er nicht weiter nach erwachsenen und reifen Frauen suchen würde. Mutter hatte so recht. Er brauchte ein kleines, ein unschuldiges Mädchen, das er sich erziehen konnte. Er brauchte ein Wesen, das zu ihm aufsah. Das ihn verehrte. Wo ER der HERR war. Nicht diese verdorbenen Frauen. Er bat seine Mutter im Stillen um Verzeihung. Alles was sie getan, alles was sie gesagt hatte, es war richtig, richtig, richtig. Sie hatte recht und er Unrecht und er würde sich in Zukunft fügen. Sie wollte nur das Beste für ihn und er hatte gezweifelt.

November 2010

Die Tage waren vergangen, der Oktober war zu Ende und ein neuer Monat angebrochen. Die Nacht mit Chiara war nun elf Tage her und es hatte neue Nächte gegeben, neue Erlebnisse, neue Höhepunkte und nie hatte sie über ihn gelacht, nie hatte sie sich über ihn lustig gemacht. Immer war sie verständnisvoll gewesen, hatte ruhig und liebevoll mit ihm geredet, seine vorzeitigen Ergüsse schienen sie nicht zu stören, im Gegenteil, sie fand es toll und meinte, es wäre ein Zeichen, wie sehr er sie lieben würde. Sie war perfekt. Sie war DIE PERFEKTE FRAU für ihn und er sagte es seiner Mutter jeden Tag. Er ließ keine Gelegenheit aus, es ihr klarzulegen und Amalia nickte ihm dann immer nur kalt zu. Sie konnte nichts dagegen machen. Jeden Abend verschwand er im Keller und wenn er auf der Arbeit war, schloss er Chiara ein und nahm den Schlüssel mit. Einmal hatte er sogar Amalia eingeschlossen, aber ihre Wut traf ihn mit voller Wucht und er versprach ihr, dies nie wieder zu tun.
Chiara bekam immer mehr Freiheiten. Sie durfte sich nun frei bewegen, zu Amalias grenzenlosem Erstaunen sogar im ganzen Haus und sie machte davon sogar Gebrauch, allerdings nur, wenn Jacob in der Nähe war. Dann kam sie in die Küche, sie half beim Kochen und gab sich ihr gegenüber äußerst nett. Sie ließ keine Gelegenheit aus, Jacob zu berühren. Fast zufällig streifte sie seine Hand, lächelte ihn an und Amalia kochte innerlich vor Wut. Sie meinte, Chiara zu durchschauen. Sie meinte, ihre Absichten zu kennen und sie ließ keine Gelegenheit aus, ihr das auch zu zeigen.
„Wo kommst du eigentlich her? Wir wissen nicht viel von dir!“, sagte sie einmal und Chiara lächelte sie zuckersüß an, als sie sagte:
„Ihr hättet ja meinen Lebenslauf anfordern können, bevor ihr mich entführt habt.“
Jacob beteiligte sich nicht an diesen Unterhaltungen. Er hielt sich zurück, achtete darauf, dass sich die beiden Frauen nicht zu nahe kamen und er achtete darauf, dass ihre Unterhaltungen nicht in Streit ausarteten. Und jeden Abend ging er hinunter in den Keller, schloss die Türe ab, zog sich aus und kletterte zu

ihr ins Bett. Mittlerweile schliefen sie nackt. So wie Gott sie geschaffen hatte – pflegte Chiara zu sagen und Jacob gefiel das. Er wurde nicht müde sie anzusehen, sie anzubeten, ihren Körper zu betrachten und sie gestattete es ihm auch. Es gab Augenblicke, da lag sie bei voller Beleuchtung nackt auf dem Bett und er saß daneben, einfach in ihren Anblick vertieft. Dann streichelte er sie sanft, aber er machte keine Anstalten, mit ihr zu schlafen. Chiara wusste, dass sie gewonnen hatte. Seit dem Abend, als er das erste Mal bei ihr im Bett war, wusste sie, dass er nicht mehr von ihr loskommen würde und sie endgültig gewonnen hatte. Aber nun wollte sie mehr. Sie wollte ihre Rache, sie wollte den Wohlstand, den er besaß und sie wollte etwas, von dem sie nicht mal wusste, was es genau war. Chiara war keine reife Frau, sie war einfach ein Mädchen, das schon eine Menge erlebt hatte. Hätte sie auf ihre innere Stimme gehört, dann hätte sie auch gespürt, WAS sie wollte. Nicht nur die Rache an Amalia, sondern auch an ihm. Jacob. Rache für alles, was er getan hatte. Nicht nur an ihr, sondern an all den anderen Mädchen. Sie hatte leider viel über ihre Vorgängerinnen erfahren müssen. Amalia machte es eine perverse Freude darüber zu sprechen und auch wenn Jacob das Thema vermied, Chiara wusste genug. Aber es machte ihr eine ungeheure Freude, mit ihm zu spielen, mit seiner Mutter zu spielen, mit der ganzen Situation zu spielen und sie genoss es, diese Macht zu spüren, die sie mittlerweile besaß. Sie fühlte diese Macht, sie durchströmte sie, sobald Jacob bei ihr war. Chiara wusste noch nicht, wohin sie das alles führen würde, aber sie spürte, dass es bald wesentliche Veränderungen geben würde.

Sie stand in der Küche, trug wieder die kurze Hose und dazu ein einfaches weißes T-Shirt, obwohl es Winter war, aber hier in der Wohnung war es warm und sie liebte es, so herumzulaufen. Amalia saß in einem Sessel im Wohnzimmer und schaute mürrisch auf den Fernseher. Jacob stand in der Zwischentüre und beobachtete beide. Er ließ Chiara nicht aus den Augen und hatte so auch seine Mutter im Blick. Amalia konnte wieder ein wenig besser auftreten, die Schwellung am Fuß war zwar nicht zurückgegangen, aber sie humpelte dennoch immer öfter durch die Wohnung. Chiara wollte selber kochen, sie machte für alle drei das Abendessen, es sollte Chili con Carne geben. Chiara hatte die Bohnen bereits im Topf, das Hackfleisch schmorte leicht, als sie die Flasche auf dem Küchenbord sah. Rizinusöl in konzentrierter Form. Chiara wusste nicht viel über Rizinus, aber sie hatte eine Menge darüber gehört, vor allem, dass es Durchfall verursachen kann. Sie grinste, dann – bevor sie weiter darüber nachdachte – kippte sie einen ordentlichen Schuss davon in das schmorende Hackfleisch. Sie drehte sich kurz um, ob es jemand gesehen hätte, aber Jacob stand weiter nur in der Türe und unterhielt sich mit Amalia im Nebenraum. Niemand hatte etwas bemerkt. Sie teilte das Hack in der Pfanne in zwei Teile, der rechte Teil war der mit dem Rizinus, der Linke war nicht damit kontaminiert. Sie würde also nur vom linken Teil essen und wenn sie ein wenig abbekam, wäre das halt auch nicht so schlimm. Es sollte ja mehr nur ein Spaß sein.

Sie aßen gemeinsam im Wohnzimmer, wobei Amalia am Kopf des Tisches saß und Chiara mit Jacob weit genug von ihr entfernt waren. Der Topf mit Essen stand in der Mitte des Tisches und Chiara nahm sich nur von „ihrem“ Teil, dann verrührte sie den Rest, bevor Amalia und Jacob sich bedienten.
Niemandem fiel der Geschmack auf, vor allem, weil es so wahnsinnig scharf war. Chiara hatte noch zusätzlich Schärfe verwendet und Amalia verzog das Gesicht, sagte aber nichts. Neuerdings war sie sogar froh, wenn Chiara ihr einen Teil der Arbeit abnahm.
Die Haustüre war immer noch verschlossen, der Schlüssel versteckt, aber Chiara hatte gar nicht die Absicht zu fliehen, Jacob hatte Chiara sogar angeboten, ihr das Versteck zu zeigen, aber sie hatte nur müde lächelnd abgewinkt.
„Ich will doch bei dir bleiben. Was interessiert mich da der Schlüssel?“
Und tatsächlich schliefen sie jede Nacht nebeneinander, sie streichelten sich, fummelten ein wenig, aber mehr passierte nicht. Einmal war sie soweit gewesen ihn aufzufordern, es endlich zu tun, aber dann war er wieder zu früh gekommen und sie hatte nichts weiter dazu gesagt.
Sie aßen, danach machte Chiara noch den Abwasch. Bildete sie es sich nur ein, oder hatte sie tatsächlich Bauchweh? Es könnte von den Bohnen kommen, oder eben von dem Rizinus, das wusste sie nicht, neugierig sah sie nach Amalia, die wieder in ihrem Sessel saß und auf den Fernseher starrte. Sie rieb sich den Bauch und Chiara grinste zufrieden. Jacob war im Bad, vielleicht saß er sogar bereits auf dem Klo. Das könnte lustig werden.
Als sie fertig war, ging sie wortlos zurück in den Keller. Sie legte sich auf ihr Bett, starrte an die Decke und freute sich. Das würde der alten Hexe mal guttun. So eine Nacht auf dem Klo zu verbringen, vielleicht hätte sie dann auch mal Ruhe vor Jacob, könnte mal in aller Ruhe schlafen. Chiara wusste nicht, wie verheerend es für eine alte Frau sein konnte, wenn sie krampfhaften Durchfall bekam.

Es dauerte genau eine Stunde, bis Jacob in den Keller gestürmt kam. Er hatte Schweiß im hochroten Gesicht und hielt sich den Bauch fest.
„Was hast du getan?“, keuchte er heiser und Chiara bekam Angst. Es sollte doch nur ein Scherz sein, aber Jacob sah krank aus. RICHTIG krank. Aber es ging ihm gar nicht um sich selbst.
„Mutter. Sie liegt oben auf dem Boden, sie hat sich eingeschissen, es lief ihr die Beine herunter und sie hat Krämpfe.“
„Ich habe nur die Gewürze genommen, die bei euch auf dem Bord standen. Ich selber habe auch Bauchweh …“, sagte sie und versuchte so unschuldig wie möglich dabei auszusehen, doch Jacob schüttelte nur den Kopf.
„Mutter sagt, du hättest Rizinus genommen. Stimmt das?“
„Ja, das kann sein, da stand so eine Flasche, aber ich habe nur einen kleinen Schluck davon hineingetan. Wofür ist das denn?“
Jacob verkrampfte sich ein wenig, er stank nach Kacke und Schweiß, dann sagte er mit zittriger Stimme:

„Das ist hochkonzentriertes Rizinusöl. Davon nimmt man einen Tropfen, wenn man mal nicht kann. Aber ein ganzer Schluck? Mutter meint, die halbe Flasche wäre leer.“
„Auf keinen Fall. Ich habe einfach was nach Gefühl hineingeschüttet. Also das wusste ich nicht, jetzt weiß ich auch, warum ich so Bauchweh habe ...“
Ihre eigenen Beschwerden retteten sie nun, Jacob glaubte ihr.
„Wir sind alle vergiftet. Ich weiß nicht, was ich mit Mutter machen soll. Sie liegt nur noch auf dem Boden, stinkt vor sich hin und man kann nicht mal mit ihr reden … Du musst mir helfen.“
Der Gedanke, die vollgeschissene und alte Amalia zu säubern, ihr zu helfen, verursachte Chiara Übelkeit und Ekel. Sie schüttelte angewidert den Kopf.
„Nein, auf keinen Fall. DAS kann ich nicht. Und DU auch nicht. Kannst dich ja selber kaum auf den Beinen halten. Ruf einen Krankenwagen, das wird eh Zeit, da können sie sich direkt mal um ihren Fuß kümmern.“
Jacob krümmte sich kurz, ein Schmerz war ihm durch die Eingeweide gefahren, dann furzte er schrecklich lange und nickte.
„Ja, ich glaube du hast recht. Ich müsste auch in ein Krankenhaus und du vielleicht auch, aber wir beide werden hier bleiben und es so versuchen. Aber Mutter muss professionelle Hilfe bekommen. Ich gehe hoch und rufe den Krankenwagen. Tu mir einen Gefallen, bleib hier und lass dich nicht sehen. Vielleicht erkennt dich sonst jemand.“
„Ich bleibe auf jeden Fall hier. Ich käme nicht mal bis oben. Ich verschwinde ins Bad hier und dann sehen wir später weiter ...“
Jacob nickte, dann kroch er in gebückter Haltung nach oben. Chiara sah ihm triumphierend nach. Nun war sie mit ihm allein. Die alte Hexe könnte sie jetzt nicht mehr stören. Jetzt war es Zeit, den Plan zu Ende zu bringen. Sie würde vorher aufs Klo müssen, aber das war alles nicht so schlimm, sie könnte nun Jacob pflegen, sein Vertrauen endgültig gewinnen und dann gemeinsam gegen die alte Hexe Amalia vorgehen. So fett wie sie war, würde ihr so ein Durchfall bestimmt nicht viel ausmachen.

Februar 2007

Die Erfahrung, die er im November mit Beate gemacht hatte, band ihn wieder enger an seine Mutter. Sie war immer im Recht gewesen und er hatte geglaubt, er könnte selber sein Glück suchen. Nun war er überzeugt. Mutter meinte es nur gut mit ihm.
Er hatte bisher nichts mehr von Beate gehört, sie verzichtete wohl auf eine Anzeige wegen Körperverletzung oder sie schämte sich einfach, Anzeige zu erstatten. Jedenfalls war es seitdem wieder quälend für Jacob. Er sehnte sich nach einem weiblichen Wesen, doch es fehlte ihm der Mut, den ersten Schritt zu machen. Also sah er intensiv nach einem neuen Mädchen, das er in seinem Keller erziehen konnte. Es musste doch möglich sein, ein perfektes Wesen zu finden? Er fuhr wieder jeden Tag nach der Arbeit durch die Gegend, manchmal bis zu fünfhundert Kilometer am Tag, aber entweder fand er nicht die Passende, oder die Gelegenheit war einfach nicht da.
An einem kalten, aber sonnigen Sonntagmorgen war es dann soweit. Er war nicht mal sehr weit von seinem Haus entfernt, als er das Mädchen sah. Fast wäre er vorbeigefahren, sie war so unscheinbar und stand – dick vermummt – an einer Bushaltestelle der Landstraße, die aus der Stadt herausführte. Jacob bremste, dann fuhr er ein Stück zurück. Auf der Gegenfahrbahn rauschten andere Autos vorbei, aber das war ihm egal. So lange schon hatte er gesucht, er musste nun auch ein Risiko eingehen, wenn er endlich zum Ziel finden wollte. Er hielt direkt vor der Haltestelle und sah sie sich an. Sie war klein, aber er konnte nicht viel von ihr sehen. Sie trug eine dicke Wollmütze, einen dicken Mantel, Handschuhe und dicke Winterstiefel. Sie war im Gesicht sehr dunkel, er tippte auf ein Ausländerkind, aber das war ihm auch egal. Jetzt ging es einfach nur darum, endlich wieder ein Mädchen zu haben, mit dem er auch reden konnte. Jacob fackelte nicht lange. Er stieg aus, nachdem er die Warnblinklampen angemacht hatte, öffnete den Kofferraum und achtete scheinbar nicht auf das Kind, das ihn beobachtete. Dann wartete er einen Augenblick und als kein weiteres Auto zu sehen war, packte er das Kind, das nun schrie und nach ihm trat, warf es in den Kofferraum und sprang hinterher. Er fesselte das Kind, was aber niemand sehen konnte, da er die Klappe bereits hinter sich geschlossen hatte. Nun kamen weitere Autos, aber sie sahen nur einen Kombi, der mit Warnblinkanlage an einer Bushaltestelle stand. Niemand achtete darauf. Als Jacob das Mädchen gefesselt und geknebelt hatte, kletterte er nach vorne, machte die Blinkanlage wieder aus und fuhr in aller Ruhe davon. Niemand hatte etwas gesehen.

Amalia freute sich.

„Es wurde aber auch Zeit. Ich dachte schon, du schaffst es nie …“, war ihr Kommentar, aber als er das Mädchen in den Keller geschafft hatte, als er ihr den Knebel aus dem Mund und die Mütze vom Kopf gezogen hatte, schüttelte sie den Kopf und sagte:
„Du hast ein Türkenbalg angeschleppt. Kannst du direkt wieder entsorgen. Ist ja fast schlimmer als eine Behinderte. Was willst du damit? Mit ihr eine Familie gründen? Das ist nicht DEUTSCH. Das ist einfach nur Müll. Entsorge es und dann such weiter …“
Danach ging sie nach oben und Jacob starrte fassungslos auf das Mädchen, das ihn verwirrt ansah. Er konnte die Meinung seiner Mutter nicht teilen. Für ihn waren alle Menschen gleich, er machte da keinen Unterschied und es war ihm egal, ob es ein deutsches Mädchen oder ein ausländisches Kind war. Hauptsache sie war weiblich und erziehbar.
„Wie alt bist du?“,
fragte er das Kind, aber sie zuckte nur mit den Schultern und ein schrecklicher Verdacht keimte in ihm auf.
„Sprichst du überhaupt unsere Sprache?“
Das Kind schaute ihn verständnislos an und Jacob ließ resigniert die Schultern hängen. Das hatte ihm noch gefehlt. Ein Mädchen, das ihn nicht verstand, die eine völlig andere Kultur gewöhnt war und er hatte nicht die Zeit, diesem Wesen noch die deutsche Sprache beizubringen.
Er zeigte ihr, wo der Kühlschrank war, das Bad, das Bett, dann ging er nach oben zu seiner Mutter.
„Du hattest recht. Sie spricht nicht mal unsere Sprache!“
Amalia kaute gerade an einem Hühnerbein, sah ihn an und er sah ihre vor Fett triefenden Lippen, als sie sagte:
„Na, das sage ich doch. Bring sie um und such was Neues.“
„Ich kann sie nicht einfach umbringen. Sie hat mir doch gar nichts getan. Wir müssen eine andere Lösung finden“
„Aha – und welche? Sie kann dich erkennen, auch wenn sie kein Deutsch spricht. Ein Dolmetscher wird kommen, sie kann den Wagen beschreiben, vielleicht sogar das Kennzeichen und du bist geliefert. Nein, du kannst sie auf keinen Fall einfach gehen lassen.“
Jacob nickte traurig. Sie hatte ja recht, so wie sie eigentlich immer recht hatte. Aber er wollte sie nicht umbringen, würde es auch nicht tun, auch wenn er noch keine emotionale Bindung zu ihr aufgebaut hatte, es wäre einfach zu viel für ihn.
„Lass sie uns einige Tage mal behalten. Ich werde sehen, vielleicht ergibt sich ja noch was, ich denke, sie kann sich ja auch einfach nur verstellen? Vielleicht versteht sie mich ja doch und tut nur so. Wir warten mal ab. Wenn sie bis Ende der Woche immer noch so ist, dann – ja, dann lasse ich mir was einfallen …“
„Ja, du lässt dir was einfallen.“ Amalia lachte, wischte sich das Fett vom Mund und grinste ihn aus den dünnen, bläulichen Lippen an.
„Du KANNST dir gar nichts einfallen lassen, weil du keine Ideen hast. Keine Phantasie. Keine Kreativität. Du musst einfach nur das machen, was man dir

sagt. Und ICH sage dir: Bring sie um. Je schneller du es tust, umso weniger wird es dir ausmachen."
Jacob sagte nichts. Er sah seine Mutter an, musste ihr recht geben, aber in seinem Innern wucherte ein Gefühl, eine Ahnung, er konnte es nicht in Worte fassen, aber das Gefühl sagte ihm, dass seine Mutter auch sein Untergang war. Er sollte sich von ihr lösen und wenn er sie so ansah, da verspürte er auch Ekel vor ihr, vor ihren dünnen Lippen, vor ihrem dicken Körper. Er drehte sich herum und ging wieder in den Keller.
Das Kind sah ihn nur an, sie hatte sie nicht bewegt. War weder am Kühlschrank gewesen, noch im Bad und Jacob erklärte ihr es noch einmal, zeigte es ihr, machte in Zeichensprache klar, wo Essen war und wo die Getränke standen, dann zeigte er aufs Bett, wenn sie müde war. Sie hatte immer noch die dicke Winterkleidung an und im Raum war es mehr als warm. Sie musste doch schwitzen? Er zeigte ihr mit Gebärden, sie sollte sich etwas ausziehen, aber sie sah ihn nur aus schreckgeweiteten Augen an, also ging er zur ihr und wollte ihr helfen. Aber sie trat nach ihm, begann erneut zu schreien und er hielt ihr den Mund zu, weil er das Geschrei nicht ertragen mochte. Er zerrte ihr den Mantel herunter, riss ihr den Schal vom Hals, dann trat er zurück. Sie sah fremd aus. Ihre schwarzen Haare erinnerten ihn an Draht, ihre Augenbrauen waren buschig wie bei einem Tier und er konnte sich nicht vorstellen, sie als Partnerin zu gewinnen. Mutter hatte also schon wieder recht. Aber dann sah er ihren Körper. Da der Mantel nun auf dem Boden lag, konnte er ihre Brüste durch ihren Pullover sehen und sie war sehr gut entwickelt. Sehr fraulich. Er hätte sie gerne deutlicher gesehen. Hätte sie gerne mal in Unterwäsche gesehen, aber Jacob verspürte auch keine Lust auf einen erneuten Kampf. Er nickte ihr nur zu, dann ging er wieder nach oben.
„Na? Hast du es ihr besorgt?", lachte Amalia, aber er gab nicht mal eine Antwort. In letzter Zeit war sie immer vulgärer geworden, er erkannte seine Mutter nicht mehr wieder. Sie meinte tatsächlich, er hätte nur sexuelle Handlungen im Sinn, wenn er in den Keller ging und sie schien es ja auch zu tolerieren? Jacob machte sich in der Küche ein Brot, dann verabschiedete er sich von seiner Mutter, wobei er diesmal auf einen Kuss verzichtete. Er dachte an die Kleine im Keller. Ihre Lippen waren voll gewesen. Sie sahen weich und einladend aus. Ihre Zähne schimmerten weiß und ihre Augen, die schwarz und dunkel waren, schienen ihm bis in die Seele schauen zu können. Er hatte immer dieses Gefühl, wenn ein weibliches Wesen ihn ansah. Er meinte, Frauenaugen würden intensiver blicken. IN DEN Mann hinein. Das war sogar bei den Mädchen so. Er meinte, dieses Kind im Keller hätte ihm angesehen, was er dachte, was er wünschte, was er wollte, welche geheimsten Absichten er hatte und das war ihm peinlich.
Er lag im Bett und fand keine Ruhe. Was sie wohl machte? Lag sie immer noch da und bewegte sich nicht? War sie am Kühlschrank gewesen? Hatte sie gegessen und getrunken? Oder hatte sie sich sogar ausgezogen und war ins Bett gegangen? Bei der Vorstellung, wie sie sich vielleicht auszog, verspürte er eine

Erregung, die ihn keinen Schlaf mehr finden ließ. Er könnte ja mal nach unten gehen und nachsehen. Vielleicht brauchte sie auch nur etwas? Vielleicht weinte sie? Er würde nachsehen.
Leise, damit Amalia es nicht hören konnte, öffnete er die Kellertüre, schloss sie hinter sich wieder, dann ging er leise nach unten. Er schob die Scharniere beiseite, dann trat er ein. Das Mädchen saß noch immer auf der Bettkante, aber sie hatte sich den Pullover ausgezogen, es war ihr wohl doch zu warm geworden und nun hatte sie nur noch ein dünnes T-Shirt an, unter dem er ihre dicken Brüste sehen konnte. Wie alte mochte sie sein? Ihr Gesicht wirkte fremd, aber jung. Sie war klein, aber stämmig. Sie konnte zwölf oder sechzehn sein. Schwer zu sagen. Sie trug Jeans und ihre Füße steckten noch immer in den dicken Winterstiefeln. Sie sah Jacob an, der im Schlafanzug vor ihr stand, seine Erektion war nicht zu übersehen. Sie ahnte etwas und Jacob meinte erneut, dass sie bis in sein Innerstes sehen konnte. Er näherte sich ihr und sie rutschte auf der Bettkante bis zur Wand. Sie nahm eine abwehrende Haltung ein.
„Ich tu dir doch nichts, will nur sehen, ob dir was fehlt“, sagte er leise, obwohl niemand etwas hätte hören können, auch wenn sie beide geschrien hätten. Vielleicht hätte jedes Mädchen so reagiert, wenn ein fremder Mann im Schlafanzug mit einem Ständer vor ihr gestanden hätte, seine Hose stand wie mit einer Zeltstange von ihm ab, sein Blick war gierig und wirr. Sie schlang die Arme um ihre Beine, sah ihn an und streckte kampflustig den Kopf vor. Sie würde sich wehren. Jacob reizte es. Er stellte sich vor, wie der Rest ihres Körpers aussehen würde. War sie behaart? So wie ihre Augenbrauen? Hatte sie schwarze Beine? Wie war ihr Körper? Er machte ihr Zeichen, dass sie sich ausziehen solle, aber sie schüttelte den Kopf. DAS hatte sie verstanden. Er lächelte. Sie spielte hier Theater. Jacob kam erneut einen Schritt näher und das Mädchen ballte die Fäuste.
„Gut, du willst kämpfen? Das kannst du haben. Ich will dich nur ansehen. Wenn du das nicht willst, dann musst du versuchen, dich zu wehren“, lachte er, dann warf er sich auf sie. Aber sie hatte ihr Bein hochgezogen und ihn schmerzhaft im Schritt erwischt. Jacob jaulte auf, rollte vom Bett auf den Boden und hielt sich die Hoden. Die Erregung war weg, nur ein stechender Schmerz war zu spüren. Er atmete heftig ein und aus. Das Kind war aufgesprungen und zur Türe gerannt, aber Jacob hatte sie verriegelt und nur er kannte den Trick, mit dem die Türe dann zu öffnen war. Sie rappelte daran, weinte, dann kam Jacob langsam wieder auf die Beine. Sie wirbelte herum, sah ihn hasserfüllt an. Jetzt war es kein freundliches Annähern mehr, es war Kampf. Es war Krieg und Jacob hatte vor, diesen Krieg zu gewinnen. ER war der HERR hier. ER war der MEISTER und ER entschied zwischen Leben und Tod. Was bildete sich das Kind hier ein? Sie hatte ihm wehgetan. Hatte ihm in die Hoden getreten. Dann konnte er ihr auch ein wenig wehtun. Er sprang sie an, diesmal darauf bedacht, nicht mit ihrem Knie in Kontakt zu kommen. Er riss sie zu Boden, dann packte er das T-Shirt und riss es mit einem Ruck herunter. Es zerriss genau an der Brust und er sah die dicken Brüste, die nackt, ohne einen BH vor ihm lagen und fest wirkten, wie

von alleine standen und nicht hingen. Er schaute einen Moment verdutzt und das nutzte sie. Ihre Faust traf ihn über der Augenbraue und Jacob schrie auf. Sie trug einen Ring und damit riss sie ihm die Haut auf. Blut lief ihm über das Gesicht und Jacob schrie nun schlimmer als sie bei der Entführung. Er schlug ihr ins Gesicht, boxte sie, dann jammerte er und schrie:
„Dafür fick ich dich, dafür fick ich dich jetzt!"
Er griff ihr an die Hose, zerrte daran und schaffte es tatsächlich, sie zu öffnen. Mit Gewalt zog er sie herunter und eine nie gekannte Erregung überkam ihn. Vergessen war das Blut, vergessen war der Schmerz. Er wusste nicht, woher er die Worte genommen hatte, aber nun war in ihm ein Tier hervorgebrochen, von dem er nie gewusst hatte, dass es überhaupt in ihm wohnte.
„Du Sau, ich fick dich durch ...", rief er heiser und ignorierte die kleinen Faustschläge, die auf ihn niederprasselten. Er griff ihr an die weiße Unterhose, zog sie herunter und dann sah er die schwarzen Haare, die wie ein wilder Busch daraus hervorkamen. Er griff hinein und dann fühlte er ihre Zähne in seinem Ohr. Sie biss voller Kraft zu und Jacob jaulte erneut auf, ließ sie los und packte an sein Ohr. Sie hatte ein Stück abgebissen. Er heulte los, sprang auf und hielt sich das blutende Ohr fest, dann trat er nach ihr. Das Mädchen lag vor ihm auf dem Boden, halbnackt und versuchte sich zu schützen und Jacob raste. Er trat weiter auf sie ein, traf ihren Bauch, ihre Brust, ihr Gesicht und er trat immer weiter zu, so lange, bis sie sich nicht mehr rührte. Aber er blutete weiter und immer noch trat er auf sie ein, dann erst beruhigte er sich. Er rannte zu dem Spiegel im Bad und untersuchte sein Ohr. Es war doch kein Stück abgebissen, aber fast. Es würde eine böse Narbe bleiben. Er klebte mit Pflaster das lose Stück feste an, dann wusch er sich das Gesicht. Über der Augenbraue gab es eine Platzwunde, die er ebenfalls auswusch und verpflasterte. Erst dann ging er zurück ins Zimmer. Das Mädchen lag noch immer verkrümmt auf dem Boden, ihr Gesicht schwamm im Blut.
„Selber Schuld", rief er, „du hast angefangen. Ich wollte dich nur sehen. Kannst jetzt aufstehen. Ich mach nichts mehr ...", sagte er, aber sie rührte sich nicht. Selbst ihr Brustkorb bewegte sich nicht mehr und Jacob ging langsam näher, bückte sich und sah ihr ins Gesicht. Ihre Augen standen weit offen, ein Blutfaden lief ihr aus dem Mund. Sie war tot und Jacob wusste es, ohne sie noch weiter zu untersuchen. Er schüttelte beschämt den Kopf, dann ging er hinaus, schloss die Türe ab und ging zu Bett.
Am nächsten Morgen meldete er sich krank. Als er in die Küche kam und seine Mutter ihn sah, grinste sie böse.
„Na, hast du letzte Nacht mit bösen Geistern gekämpft?"
„Sie ist tot, Mutter. Da hast du deinen Willen!"
„Und warum siehst du so aus? War sie bewaffnet?" Sie lachte dabei und Jacob fühlte sich nicht wohl.
„Sie hat sich gewehrt. Hat mich gebissen und geschlagen. Sie war bösartig ..."
Amalia sagte nichts, sie sah ihn nur wissend an, dann ging sie einfach ihrer Beschäftigung nach. Jacob blieb noch einen Augenblick stehen, dann zuckte er

mit den Schultern und machte sich auf den Weg in den Keller. Er nahm eine Rolle Müllsäcke mit und ein paar Decken.
Sie lag noch da wie am Abend. Das Blut war getrocknet. Ihre Hose hatte sie noch immer bis zu den Knien heruntergezogen, ihre eine Brust war zu sehen, aber es erregte ihn nicht. Es war kein Wesen mehr, das er begehren könnte, es war einfach nur ein totes Stück Fleisch, das es zu entsorgen galt. Er ging emotionslos zur Sache. Er zog ihr erst die Hose wieder hoch, dann bedeckte er sie mit Decken. Die Müllsäcke konnte er noch nicht gebrauchen. Er steckte sie zu ihr unter die Decken, dann nahm er das Bündel und trug es nach draußen in die Garage. Hier wickelte er die Decken wieder auf, legte die Müllsäcke bereit, dann nahm er die Kreissäge und begann sein schauriges Werk. Er zerteilte das Kind, steckte die Einzelteile wieder in die Müllsäcke, anschließend säuberte er den Betonboden, sowie das Arbeitsgerät. Er lud die Säcke in den Kofferraum, dann ging er zurück in den Keller. Es dauerte lange, bis er auch hier alles sauber hatte, er schrubbte den Boden, bezog sogar das Bett neu, er beseitigte sämtliche Spuren dieses Kindes, er wollte nie wieder an sie erinnert werden.
Anschließend fuhr er mit dem Auto los. Er fuhr diesmal weiter, viel weiter als sonst, er passierte die französische Grenze und erst dort, als er irgendwie aufwachte, kam ihm in den Sinn, WAS da alles passiert war. Er fuhr eine einsame Landstraße entlang, dann in einen Wald, wo er am Steuer sitzen blieb und weinte. Er weinte um das Mädchen, um sich, um seine Mutter, um sein ganzes verpfuschtes Leben. Dann nahm er die Säcke, den Spaten, den er mitgenommen hatte und grub im Dickicht ein tiefes Loch. Hier legte er die Säcke hinein, schaufelte die Grube wieder zu, legte noch dicke Steine darauf, dann machte er sich wieder auf die Rückfahrt.

November 2010

Drei Tage waren seither vergangen und nur langsam erholte sich Jacob von diesem grässlichen Durchfall. Chiara hatte auch etwas abbekommen, aber es war nicht so schlimm wie bei ihm gewesen. Dennoch, es war eine eigenartige Zeit gewesen. Hier im Haus, ohne Mutter, nur mit Chiara, die offen und frei hier

herumging und obwohl sie die Möglichkeit gehabt hätte, nicht geflohen war. Einen größeren Beweis für ihre Liebe gab es für ihn nicht mehr. Je länger Amalia fort war, umso klarer wurde ihm die Erkenntnis, dass er sie nicht länger brauchte. Nicht wollte, ja dass sie ihn sogar störte. Chiara reichte ihm. Mehr brauchte er nicht zum Leben. Nur sie!
Chiara kochte für ihn, leichte Sachen, die er vertrug, sie wusch die Kleidung, half ihm, wo immer er Hilfe brauchte und er fühlte sich wohler, als er sich jemals bei seiner Mutter gefühlt hatte. Sie machte es geschickt, vermischte ihre Fürsorge stets mit einer Portion Erotik, streichelte ihn mal hier, küsste ihn mal dort, zeigte ihm ab und zu ein Stück Haut, drückte sich an ihn, damit er sie spüren konnte.
Nun saßen sie im Wohnzimmer, der Fernseher lief leise, aber sie achteten nicht auf das Programm. Chiara trug nur einen Slip und ein weites Hemd, Jacob trug nur seine Unterhosen. Sie kuschelten auf dem Sofa und genossen die Stille ohne Amalia.
„Wie lange wird sie im Krankenhaus bleiben?", fragte sie ihn und Jacob nuschelte leise:
„Hab da angerufen. Das kann noch dauern. Sie hat Diabetes, hat man festgestellt, der Fuß war gebrochen und da sind noch ein paar Dinge mehr. Also ich rechne vor drei Wochen nicht mit ihr …"
Chiara hätte am liebsten laut aufgejubelt, aber sie sagte nur:
„Ach du je, die Arme …", und Jacob nickte.
„Solange sie weg ist, könnten wir aber doch wie ein Ehepaar hier leben. Mir würde es Spaß machen", sagte sie jetzt lächelnd und Jacob erwiderte lachend:
„Aber das tun wir doch schon …" Chiara setzte sich auf, lächelte ihn schelmisch an, dann zog sie ihr Hemd aus. Sie stand nun vom Sofa auf, sah in Jacobs glänzende Augen, dann zog sie auch ihren Slip aus.
„Ich denke mir, verheiratete Leute gehen nur nackt in ihren Wohnungen umher …"
Jacob leckte sich über die Lippen, sah sie an und konnte sich kaum mehr zurückhalten. Chiara ging hinüber zur Küche, er konnte ihre kleinen Pobacken sehen, die ihm bei jedem Schritt zuzuzwinkern schienen, dann machte sie sich einen Tee.
„Ich denke, verheiratete Leute machen auch ihre Hausarbeit nackt", sagte sie, ohne ihn dabei anzusehen, aber sie konnte sich vorstellen, WAS in ihm vorging und wenn sie ehrlich zu sich selber war, es erregte sie tatsächlich selber ein wenig. Jacob stand auf, zog sich seine Unterhose aus und stand nackt im Wohnzimmer.
„Ich habe mich auch ausgezogen. Wollen wir die ganze Zeit nackt sein? Mir würde es Spaß machen!", rief er und sie sagte mit einem Lachen in der Stimme:
„Ja, ich denke verheiratete Leute sind nicht nur ständig nackt, sondern sie machen auch andere Dinge zwischendurch, die Spaß machen …" Jacob kam näher. Er sah sie von hinten, wie sie an der Spüle stand und sich den Tee machte. Er drückte sich von hinten an sie, fühlte, wie sein Penis sich an ihre Pobacken

drückte und dann fasste er sie von hinten an die Brüste. Chiara stöhnte auf, warf den Kopf in den Nacken und er küsste ihren Hals.
„Verheiratete Leute würden sich nun lieben …“, hauchte sie und Jacob fasste sie an den Hüften. Er trug sie zum Küchentisch, dort wo Amalia immer saß und frühstückte, dann setzte er sie mit dem nackten Hintern auf die Tischplatte. Er spreizte ihre Beine und stellte sich genau zwischen sie. Er sah ihr in die Augen und ihre Augen riefen ihm zu: Nimm mich. Nimm mich jetzt!
Es war die richtige Höhe, die richtige Position, der richtige Augenblick, er brauchte nur ein wenig nach vorne zu gehen, um in sie einzudringen. Chiara sah ihm dabei in die Augen und als sie spürte, wie er in sie drang, da schloss sie die Augen und sog tief die Luft ein. Jacob drückte ihr mit den Händen in den Rücken, dann begann er sich rhythmisch zu bewegen.
„Ja, gib es mir. Mach es mir. Liebe mich …“, flüsterte sie und Jacob nahm sie auf dem Küchentisch. Es dauerte allerdings nicht lange, nach nicht mal vierzig Sekunden spürte sie seine Fingernägel im Rücken, er krümmte sich, er bäumte sich auf, dann entlud er sich in ihr. Ganz kurz dachte sie an eine Schwangerschaft, aber sie wusste, dass sie abtreiben würde. Sie wusste, dass sie kein Kind von ihm haben wollte. Es war alles egal, nur dieser Augenblick des Triumphes zählte. Denn jetzt war er ihr hörig. Jetzt konnte sie ALLEs von ihm fordern. Jetzt hatte sie gesiegt, sie hatte über Amalia und ihn gewonnen. Sie war Siegerin auf der ganzen Linie, hatte ihr Ziel endlich erreicht. Diese Erkenntnis ließ sie aufschreien, sie kam heftig, es war ihr erster richtiger Orgasmus und sie biss Jacob in die Schultern, als sie weinend dieses Gefühl genoss.

Von da ab passierte es immer öfter. Sie waren tatsächlich fast immer nackt, neckten sich, liebten sich und sie schliefen bei vielen Gelegenheiten miteinander. Jacob lernte es, sich zu beherrschen, er kam nicht mehr nach wenigen Sekunden, er schaffte es tatsächlich, sie zu befriedigen, schaffte es, ihr Genuss zu verschaffen und sich selber Selbstvertrauen. Er veränderte sich völlig. Er las ihr die Wünsche von den Augen ab und Chiara selber mutierte zu einer Diva, aber sie vergaß nicht, wie unberechenbar Jacob sein konnte. Stets achtete sie darauf, den Bogen nicht zu überspannen und die Tage flogen nur so dahin.
Dann aber, eines Nachmittags, klingelte das Telefon und als Jacob abnahm, wurde er kalkweiß. Chiara wusste es sofort. Amalia.
„Ja, Mutter. Ich kam nicht, weil die Ärzte sagten, du darfst keinen Besuch bekommen. Ja, Mutter. Ich weiß, Mutter. Ja, ich sorge dafür. Bis bald ...“
Er legte auf und Chiara dachte, er würde jeden Moment umkippen. Er setzte sich schwer atmend auf den Küchenstuhl, dann sagte er, ihre Nacktheit diesmal ignorierend:
„Sie kommt zurück!“
„Aber wieso? Ich meine, es ist doch viel zu früh …“ Chiara fühlte diese Panik ebenso wie Jacob, der kopfschüttelnd meinte:
„Sie geht gegen ärztlichen Willen. Sie hat unterschrieben und ich soll sie abholen, soll mich darum kümmern, sie so schnell wie möglich abzuholen.“

„Soll ich etwa wieder in den Keller?“, rief sie nun und sah ihn zornig an, doch Jacob schüttelte den Kopf.
„Nein, ich will und werde nicht auf dich verzichten. Wenn ich mir vorstelle, wieder so wie früher zu leben, dann lieber sterben.“
Chiara lächelte in sich hinein. Sie hatte recht gehabt. Sie streckte sich, damit er ihre ganze Nacktheit bewundern konnte, dann sagte sie:
„Es würde mir auch schwerfallen, mich anzuziehen. Ich bin gerne nackt mit dir zusammen.“
Jacob nickte nur. Es schien in ihm zu arbeiten. Er überlegte wohl, was zu tun war. Wie konnte er das Problem nur lösen?
Er sah sie vor sich. Die dicke alte Frau, mit ihren bläulichen feuchten Lippen. Er sah ihr grausames Lächeln, die ganzen Demütigungen. Er hörte ihre Stimme, die meist nur zynisch und verächtlich klang. Er schüttelte den Kopf.
„Das geht nicht. Ich kann nicht mehr so wie früher mit ihr hier wohnen. Ich will das nicht.“
Chiara kam zu ihm, setzte sich – nackt wie sie war – auf seinen Schoß und nahm seinen Kopf in die Arme. Sie küsste ihn auf die Wange, dann flüsterte sie ihm ins Ohr:
„Wir müssen genau überlegen, was wir tun können. Sie wird uns alles zerstören, was wir uns aufgebaut haben. Ich meine, sie hat ihr Leben doch gelebt, warum will sie unseres nehmen?“
Jacob nickte, ohne den Sinn der Worte zu begreifen. Er spürte sie auf seinem Schoß, er fühlte ihre Wärme, die Weichheit ihres Körpers und Chiara nutzte es aus. Sie drückte ihre Brüste gegen ihn, ließ ihn ihren Schoß spüren, dann begann sie ihn zu streicheln. Er reagierte sofort, griff ihr zwischen die Schenkel und als er die Nässe fühlen konnte, als er spürte, wie sie bereit war, sich für ihn öffnete, da konnte er nicht anders, er nahm sie direkt dort, wo sie saßen, zwischen Sofa und Boden. Erst danach kam ihm der Anruf wieder in den Sinn und er heulte verzweifelt auf.
„Ich sehe keine Möglichkeit, ich sehe keine Lösung. Chiara, Liebste, hilf mir!“, flehte er und Chiara tat, als überlege sie, dann sagte sie leise, schmeichelnd:
„Wenn du darauf nicht mehr verzichten willst, wenn du mich weiter nackt genießen willst, dann müssen wir sie loswerden. Da sie niemals freiwillig gehen wird, denke ich, müssten wir nachhelfen.“
„Du meinst, ich soll ... NIE!“, sagte er, sah sie aus großen Augen kopfschüttelnd an und Chiara zuckte nur mit den Schultern.
„Dann nicht, du hast die Wahl. Ich geh mich dann schon mal anziehen …“ Sie stand auf, verließ ihn und ging in den Keller, um sich anzuziehen.
In Jacob tobte es. Verschiedene Szenarien gingen ihm durch den Kopf. Er wusste nicht, was er fühlen sollte, wusste nicht, was er machen sollte, wusste nicht, was er denken sollte. Er zog sich einfach an, ging zum Auto und fuhr zum Krankenhaus.

Mai 2008

Der Rauch biss ihm in die Augen und er wirbelte herum. Es roch ekelhaft, nach verbranntem Fleisch UND nach Tannen. Eine ekelhafte Mischung. Er wedelte mit der Decke, um den Rauch zu vertreiben. Dass er hier gesehen würde, war nicht anzunehmen. Er war in einer sehr einsamen Gegend und er hatte auf dem Hinweg nicht eine Menschenseele gesehen. So tief im Wald fühlte er sich sicher. Das Feuer vor ihm brannte schon eine Weile, aber immer wieder bildeten sich dichte schwarze Rauchwolken und dann warf er schnell wieder leicht brennbare Sachen hinterher. Jacob hatte zuerst die Kleidung verbrannt, dann erst die Einzelteile der Leiche. Mit einem Eisenhaken stocherte er im Feuer herum, drehte die einzelnen Stücke immer wieder, um so viel wie möglich davon zu verbrennen. Er war emotionslos dabei. Es war kein lebendes Wesen. Es war einfach nur Abfall, der vernichtet werden musste. Amalia hatte recht gehabt. Seine Mutter hatte eigentlich immer recht. Diesmal war es ein blondes Mädchen gewesen. Sie war zu jung, zu frech, zu unberechenbar, eben nicht zu gebrauchen. Er hatte sie erwürgt und war dann hierhin gefahren. Seine Gefühle galten dem lebenden Mädchen. Die Erinnerung an sie war da. Lebte in ihm. Er sah sie vor sich, sah sie weinen, lachen, schreien, essen, schlafen. Sie hatte zwölf Tage bei ihm gelebt. Er würde sie nie vergessen. Das hier vor ihm, diese Reste im Feuer, das war nicht das Mädchen, das war nur die Hülle, die er entsorgen musste. Das Mädchen selber wohnte in ihm drin, tief in ihm, bei all den anderen. Auch dafür hatte er wieder ein Stück von sich selbst aufgeben müssen. Um Platz zu machen. Um Platz für ihre Seele zu schaffen, musste ständig ein Stück seiner Seele gehen. Er fühlte sich leer. Er würde es nicht mehr lange so aushalten. Es war nicht nur so, dass ihm diese Teile seines Ichs fehlten, es war so, dass diese Mädchen ihn quälten. Immer wenn er schlief, dann kamen sie und sprachen zu ihm. Machten ihm Vorwürfe, weinten, demütigten ihn und er konnte sie nicht bestrafen, konnte ihnen nichts mehr anhaben, denn sie waren

in seinem Innern ja in Sicherheit. So viele kleine Mädchen in ihm drin. Und kaum noch was von ihm selbst. Er hatte versucht, Mutter das zu erklären, aber sie meinte nur, wenn er so weitermachte, würde er in einer Irrenanstalt enden. Sie hatte einfach kein Verständnis für ihn und seine Empfindungen.
Während er mit der Eisenstange ins Feuer stach, überlegte er aufzuhören. Es wäre doch sicher eine gute Idee, sich selber mit ins Feuer zu werfen. Dann würde es aufhören. Er würde mit all den kleinen Mädchen für immer verbrennen. Er würde keine neuen schlimmen Taten mehr begehen können, seine Mutter wäre dann alleine, aber auch das wäre ihm ja dann egal. Es wäre vielleicht für alle das Beste.
Wieder quoll dunkler Rauch auf und Jacob warf einen mit Benzin getränkten Lappen ins Feuer. Es dauerte einen Augenblick, dann aber loderten die Flammen wieder hell auf und das Feuer brannte besser.
Er wusste nicht mal mehr, wo er die Kleine hier her hatte. Er verwechselte in letzter Zeit immer diese Dinge. War es an der Bushaltestelle gewesen oder war das wieder eine andere? So viele Mädchen. Einfach kaputt. Nicht mehr zu gebrauchen. Amalia war der Überzeugung, irgendwann würde die Richtige kommen, aber bis dahin war er innerlich tot. Dann brauchte er keine Frau mehr, dann brauchte er nur noch ein Grab. War das das Ziel?
In letzter Zeit hörte er auch immer ihre Stimmen. Sie riefen ihn und dann schaute er sich verwirrt um. Sie quälten ihn so, sie zankten ihn und er konnte ihnen nicht antworten. Er hörte nun auch die kleine Blonde rufen und sah sich um, aber natürlich war da niemand, sie lag ja im Feuer. Und doch hörte er sie, als stünde sie hinter ihm. Sie lachte. Lachte ihn aus. Sie sagte, ihr ginge es besser als bei ihm. Sie war jetzt glücklich. Er nickte, dann stocherte er wieder im Feuer herum.
Er hatte keine Lust nach Hause zu fahren. Dort waren nur seine Mutter und ein leerer, seelenloser Keller. Er fühlte sich nur wohl, wenn es dort jemanden gab. Ein Wesen, das dort auf ihn wartete. Aber je mehr Mädchen er dort gehabt hatte, je mehr Leid er erfahren musste, umso mehr widerte es ihn an. Er wollte es wirklich nicht mehr. Es wurde Zeit zum Ziel zu kommen, egal wie es aussah. Das Ziel war die perfekte Frau. Wo war sie zu finden? Oder war seine Mutter einfach die perfekte Frau für ihn? Er stellte sie sich vor, sah sie vor sich stehen, ihr dicker Körper, ihr fast halsloser Kopf, die dünnen, bläulichen Lippen, die feucht glänzten. Angewidert schleuderte er die Eisenstange ins Feuer und sofort flogen Funken umher. Er zwinkerte die Tränen weg, die sich in seinen Augen gesammelt hatten. Mutter war Mutter. Keine FRAU. Er musste sehen, dass er auf andere Gedanken kam.
Jacob überprüfte den Inhalt des Feuers. Es war nur noch wenig von ihr übrig. Er sammelte mit einem Stock einzelne Stücke heraus, rollte sie vom Feuer weg, dann löschte er es mit dem sandigen Boden aus der Umgebung. Die Brocken, die nun da lagen, grub er ein, dann zerstreute er die Reste des Feuers, trat sie durcheinander, dann ging er zurück zum Auto. Er musste nicht weit gehen, er parkte direkt in der Nähe auf einem Feldweg. Es war ihm fast egal, ob sie ihn

erwischen würden oder nicht. Was machte es für einen Unterschied? Er war zu Hause ebenso gefangen und Glück fand er in seinem Leben wohl niemals. Er war einfach nicht dafür gemacht. Jacob weinte wieder ohne es zu merken. Es passierte ihm immer öfter. Die Tränen liefen ihm ins Gesicht und er spürte es nicht einmal. Er war so oft in trauriger Stimmung, es war ihm irgendwie auch egal. Er weinte während der gesamten Rückfahrt, er dachte an seine Mutter, an die Mädchen und in seiner Vorstellung bastelte er sich ein Mädchen, das er gerne haben würde.

„Blond sollte sie sein“, murmelte er vor sich hin. „Hübsch und mit tollen Lippen. Auf keinen Fall Fett.“ Jacob lachte. Die Gestalt, die er sich vorstellte, wuchs immer größer auf und nahm perfektere Züge an. Er stattete sie in seiner Phantasie nun noch mit Kleidung aus, gab ihr kleine Merkmale, zum Schluss schuf er ihr sogar noch eine Stimme. Lieblich sollte sie klingen. Nicht zu reif, nicht zu kindlich. Melodiös eben. DAS wäre die perfekte Frau. Er sah genauer hin, sie war ein wenig zu jung und er ließ sie etwas älter erscheinen, aber nicht zu alt, er schätzte sie nun auf fünfzehn und das passte. So würde er sich wohl fühlen. War es nicht besser, einfach so ein Wesen in seiner Phantasie wohnen zu lassen? War es vielleicht sogar die Gestalt, die sich aus vielen kleinen Mädchen in seinem Innern gebildet hatten? War DAS das Ziel, der Lohn? Er konnte es sich nicht vorstellen. Er wollte, brauchte ein Mädchen aus Fleisch und Blut. Er wollte sie nicht nur sehen, er wollte sie fühlen können. Er wollte sich mit ihr unterhalten, wollte sie anfassen können. Nur an der Hand … ganz harmlos. Er wollte einfach jemanden, der ihn auch MOCHTE. Nicht ständig die Mädchen, die Angst vor ihm hatten. Er wollte jemanden, der sich freute, wenn sie ihn sah. Ein Mädchen, das ihn anlachte, nicht auslachte. Das ihn empfing, wenn er nach der Arbeit nach Hause kam. Gab es so etwas nicht? Warum nicht für ihn?

Mutter. Sie war da. Sie schob sich sogar in seine Traumbilder. Immer wenn er seine Phantasiebraut erschuf, drückte sie diese beiseite und stellte sich davor. Er sah sie, obwohl er sie nicht sehen wollte. Er liebte seine Mutter, aber doch nicht „so“. Er wollte etwas für sich alleine, ein Mädchen, das NUR für ihn da war.

Plötzlich stellte sich Jacob vor wie es wäre, wenn er gar nicht mehr nach Hause fahren würde. Was wäre, wenn er einfach wegbliebe. Einfach weiterfuhr, ein neues Leben beginnen würde? Aber seine Mutter würde sich Sorgen machen, nach ihm suchen, sie würde weinen, würde traurig sein und das konnte er ebenso wenig ertragen wie die Vorstellung, sein Leben gänzlich alleine verbringen zu müssen.

Er zwinkerte die Tränen fort, die ihn bei der Fahrerei störten und fuhr weiter – nach Hause. Seine Mutter erwartete ihn bereits, sie stellte keine Fragen, sah ihn nur an und er nickte. Sie verstanden sich ohne Worte. Sie hatte wissen wollen, ob alles geklappt hatte und er konnte bejahen. Das war alles. Sie fragte nicht, wie es ihm ging, sie fragte nicht, wie er sich fühlte, ob er etwas brauchte, ob er traurig war, ob er glücklich war, sie sah ihn nur an und das war es. Aber was sollte er ihr auch sagen? Er konnte es selber nicht ausdrücken. Jacob war ein Mann, der eine Frau brauchte. Nicht unbedingt sexuell, aber er brauchte eine Partnerin, mit der er sein Leben teilen konnte. Keine Mutter, die ihm sein Leben vorschrieb.

Er ging auf sein Zimmer, ohne den Keller zu betreten. Er wollte diesen Kellerraum nicht sehen. Nicht so leer wie er nun wieder war. Er wollte am liebsten einfach im Zimmer bleiben. Nicht mehr arbeiten, nicht mehr schlafen, nicht mehr essen, nicht mehr leben. Es war zu viel für ihn. Jacob war am Ende.

November 2010

Der Wagen hielt vor der Einfahrt und Chiara huschte schnell zurück ins Wohnzimmer. Als Jacob losgefahren war, hatte sie sich an die Türe gestellt und aus dem kleinen Fenster nach draußen gesehen. Sie wartete gespannt auf deren Rückkehr und sie wusste, dieser Tag würde die endgültige Entscheidung bringen. Chiara war angezogen. Sie trug eine einfache, formlose Jeans, einen Pulli und sie trug Turnschuhe. Es war ungewohnt nach all den nackten Tagen, nun angezogen herumzulaufen, aber es wurde Zeit, ihren Plan zu Ende zu bringen. Fast tat es ihr ein wenig leid um Jacob, aber er hatte es verdient. Sie wusste, was er alles getan hatte, wusste, was für ein Mensch er war und auch wenn sie ahnte, dass nur Amalia hinter allem steckte, Jacob war niemals schuldlos gewesen. Es waren Gedanken, die sich intuitiv in ihr gebildet hatten, sie fasste sie nie in Worte, es waren nur Bauchgefühle, nach denen sie handelte.
Sie musste ihn dazu bringen das Haus auf ihren Namen zu überschreiben, musste ihn dazu bringen, ihr völlig zu vertrauen, alle Vermögenswerte auf sie zu übertragen, um sie abzusichern. Erst dann konnte sie daran gehen, ihn zu entlarven. Oder was immer sie mit ihm tun würde …

Der Fall Amalia war ihr schon klarer vor Augen. Sie wollte Jacob dazu bringen, seine eigene Mutter zu entsorgen. So wie er die vielen kleinen Mädchen entsorgt hatte. Das alleine wäre schon Strafe für ihn und sie hatte es mehr als verdient. Aber bis dahin war es ein gefährlicher und steiniger Weg. Doch heute würde die Entscheidung fallen, das fühlte sie in jeder Faser ihres Körpers.
Jetzt setzte sie sich in den Sessel, schaute zum Fernseher, aber sie achtete auf jedes Geräusch. Die Haustüre war nicht verschlossen gewesen. Chiara hätte jederzeit fliehen können, aber warum sollte sie? Hier ging es ihr besser als zu Hause und DAS wusste Amalia mit Sicherheit nicht.
Als sie die Haustüre hörte, musste sie lächeln. Wie würde die alte Hexe reagieren? Jacob betrat als Erster den Raum und sah Chiara unglücklich an. Er wirkte wie ein geprügelter Hund. Schweiß stand ihm auf der Stirn, obwohl es kalt draußen war und seine Augen blickten traurig. Hinter ihm, etwas kleiner, dafür umso dicker, erschien nun Amalia. Ihre Augen blickten kampflustig und bösartig.
„Na, du Miststück? Das hast du ja toll hinbekommen. Aber keine Sorge, es ging mir gut, man hat mich wieder gut hinbekommen ...“, sagte sie zur Begrüßung und Chiara lächelte sie zuckersüß an.
„Amalia, du kleine dicke hässliche Wachtel. Schön dich zu sehen. Hast dich doch nicht totgeschissen?“
Jacob sah sie fassungslos an und auch Amalia fehlten einen Moment die Worte, dann aber verzog sie ihre ohnehin dünnen Lippen zu einem kleinen bösen Strich. Sie nickte, erkennend, fast anerkennend, dann sah sie Jacob an und meinte:
„Oh, hier hat wohl jemand versucht, meine Rolle einzunehmen. Hat das kleine Luder dich doch tatsächlich um den Finger gewickelt. So eine junge, nasse Möse ist schon eine tolle Waffe, was?“
Jacob wusste nicht, was er sagen sollte. Das hier war ein Duell zwischen Amalia und Chiara und er hatte keine Ahnung, wie er sich verhalten sollte, noch wollte er Partei ergreifen. Das hier war seine MUTTER, aber es war auch seine FRAU und er war machtlos.
„DU musst es ja wissen“, konterte Chiara. „Allerdings schien deine Möse Jacobs Vater nicht halten zu können. War wohl zu trocken und zu kalt?“
Amalias Kiefer fiel nach unten. Sie starrte Chiara an, dann aber begann sie zu lachen.
„Du durchtriebenes kleines Biest. Was bist du doch für eine gute Schauspielerin. Ich würde einiges dafür geben, um zu sehen, WIE du Jacob herumbekommen hast. Und nun? Was hast du vor. Soll er sich entscheiden? Zwischen dir und mir?“
Chiara sah Jacob an, dann sagte sie leise:
„Er braucht sich nicht zu entscheiden. Er kann beides haben. Ich bin nicht so bösartig wie du.“
Jacob nickte ihr dankbar zu, aber Amalia zischte böse:
„Das ist keine Lösung. Ich werde dich nie hier akzeptieren. Willst du meine Schwiegertochter spielen? Du junges Ding hast doch keine Ahnung vom Leben. Willst das Haus? Dich ins gemachte Nest setzen? Ich nehme den Kampf an!“

„Was für einen Kampf?“, fragte Chiara unschuldig und Jacob schaltete sich nun ein.
„Mutter. Lass sie in Ruhe. Sie hat dir nichts getan. Im Gegenteil, als du krank warst, hat sie für dich gekocht. Sie hat etwas Vertrauen VERDIENT!“
„Den TOD hat sie verdient!“, giftete Amalia, dann zog sie ihren Mantel aus und ignorierte Chiara, die wie selbstverständlich in Amalias Sessel saß. Amalia setzte sich auf das Sofa und Jacob, der immer noch im Raum stand, sah sie verwirrt an. Beide Frauen saßen sich gegenüber, musterten sich. Jacob war unsicher, wie er sich verhalten sollte. Amalia wollte gerade etwas sagen, als Chiara rief:
„Schatz, Liebster, wollen wir uns nicht ausziehen? Ich würde lieber nackt herumlaufen. Wenn es deine Mutter nicht stört ...?“
Amalia verzog nur den Mund und Jacob bekam einen roten Kopf. Er stammelte, aber weder Amalia, noch Chiara erwarteten eine Antwort von ihm.
„Luder“, zischte Amalia und Chiara lächelte lieb.
„Wir lieben uns und daher leben wir auch wie Mann und Frau zusammen. Ich bekomme sicher auch bald ein Kind von ihm ...“
Jacob wich alle Farbe aus dem Gesicht, DARAN hatte er noch gar nicht gedacht, aber Amalia lächelte böse.
„DAS kann ich mir vorstellen. Du hast es drauf angelegt. Aber eher trete ich dir das Balg aus dem Bauch, als dass du ein Kind von Jacob austrägst.“
„Mit deinem gebrochenen Fuß?“, konterte Chiara und konnte sich ein Kichern nicht verkneifen. „Du bist alt und schwach. Versuch es doch. Ich trete dich dahin, wo du schon lange hingehörst. In den Ofen, du Hexe!“, rief sie und Jacob schüttelte verzweifelt den Kopf.
„Hört auf damit. Alle beide! Das kann ja kein Mensch mehr ertragen. Wir müssen eine Lösung finden. Etwas womit wir alle leben können“, rief er und beide Frauen sahen ihn fragend an.
„Ich meine, wir könnten doch friedlich hier alle zusammen leben. Jeder gibt sein Bestes ...!“
„Junge, du kennst die Frauen nicht“, sagte Amalia leise und sah ihn traurig an. „Vor DER da wollte ich dich immer beschützen. Diese Art von Frauen sind dein Untergang. Sie wollen nicht dich, nur dein Geld. Denke nach, du bist ihr zu alt, zu hässlich. Du bist eine Witzfigur. Niemals würde sie dich lieben ...“
Jacob sah sie fassungslos an und Chiaras Blick sprühte vor Hass, als sie sagte:
„DAS ist nun die liebende Mutter. Sagt ihrem einzigen Sohn, er sei hässlich und eine Witzfigur. Was bist du nur für eine alte, hässliche Hexe.“ Sie stand auf, sah Jacob noch einmal an, dann sagte sie:
„Ich gehe runter, du kannst gerne nachkommen. Du brauchst dich auch nicht zwischen uns zu entscheiden. Mit dieser alten Wachtel werde ich nicht länger unter einem Dach wohnen. Wenn sie morgen noch da ist, werde ich gehen ...“
Jacob ging hinter ihr her. Er achtete nicht auf die Rufe seiner Mutter, er achtete nicht auf ihre warnende Stimme, ihm hallten ihre bösen Worte noch immer in den Ohren und er sehnte sich nur noch nach Chiara.

August 2009

Es war so heiß und die Luft so drückend. Jacob beobachtete die spielenden Mädchen, aber er wusste bereits jetzt schon, dass er keine von ihnen rauben würde. Sie sahen so lieb und unschuldig aus. Viel zu schade für ihn. Er würde keine von ihnen umbringen wollen und das ausgerechnet hier die Passende für ihn dabei sein sollte, das war ihm zu unwahrscheinlich. Die Kinder spielten an einem Bachlauf und er stand etwas abseits, tarnte sich als Wanderer, sein Rucksack schnürte ihm in den Rücken, aber das war ihm egal. Die Kinder waren alle um die zehn bis vierzehn Jahre und sahen fröhlich aus. Waren es die Sommerferien? Er wusste es nicht. Er beschloss, ihnen noch eine Weile zuzusehen, dann würde er nach Hause fahren. Er setzte sich ins Gras, schaute in eine andere Richtung, aber er schielte ständig seitlich zu ihnen, beobachtete die kleinen zierlichen Körper, die fröhlich im Wasser spielten. Die Kinder hatten kleine Bikinis an, er sah ihre halbnackten Körper und stellte sich vor wie es wäre, sie zu berühren. Er sah ihr dabei in die kindlichen Augen, er tastete die gerade erst knospenden Brüste ab, er küsste ihre kindlichen Lippen. Es war so anders als bei den reifen Frauen, die sofort ihren giftigen Sex versprühten. Diese Frauen, die sofort die Oberhand ergriffen, die sofort bestimmten, sofort Befehle erteilten, die so stark waren, so wortgewandt, so intuitiv, so überlegen. Bei diesen Kindern brauchte er keine Angst zu haben. Sie hatten vor IHM Angst und das war ein ganz anderes Gefühl. Aber er wollte gar nicht, dass sie Angst vor ihm hatten, wollte viel lieber, dass sie ihn mögen würden. Ihn LIEBEN würden. MEHR von ihm wollten als nur spielen. Es wäre so schön, wenn sie ihn bitten würden, sie anzufassen. Aber das war wohl nur in der Phantasie möglich. Jacob seufzte. Er wusste nicht, warum er so fühlte. Er wusste nicht, wann er begonnen hatte, so zu empfinden wie er empfand. Hatte es etwas mit seiner Mutter zu tun? Viele erwachsene, reife Frauen, erinnerten ihn an sie. Er hatte dann das Gefühl, er würde mit seiner Mutter zusammen sein. Wenn er eine reife Frau vor sich hatte, dann empfand er so etwas wie Furcht. Furcht vor seiner Mutter. Diese Frauen könnten ihn bestrafen, ihn durchschauen, ihn zurechtweisen, wie es seine Mutter oft tat. Er fühlte sich ihnen unterlegen, klein, unwirklich. Bei den Kindern war das alles anders ...

Er beobachtete gerade eine kleine Schwarzhaarige, die mit beiden Händen Wasser verspritzte und er stellte sich vor, wie er sie im Keller halten könnte. Aber dann sah er, wie er sie tötete und schnell wendete er sich ab. Er wollte nicht mehr töten. Er wollte nicht mehr ein Ungeheuer sein und auch seine Mutter, Amalia, würde ihn nicht mehr dazu zwingen können. Es war vorbei. Auch wenn es ein Verlust für ihn war, er würde es nicht wieder tun. Nie wieder ...

Langsam ging er zu seinem Auto zurück und fühlte sich befreit. Nie wieder … er nickte sich selber zu. Es war seine Art, etwas zu beschließen. Auch Mutter könnte ihn nicht dazu überreden. Das Kapitel Frauen war eben einfach für ihn abgeschlossen. Er hatte seine Phantasie, sein Heft, das musste reichen.

Jacob fuhr nach Hause. Die Hitze schien immer schlimmer zu werden, fast meinte er, die Luft selber wäre heiß und auch durch das offene Autofenster kamen heiße Wolken und machten ihm das Atmen schwer. Jacob erreichte noch seine Einfahrt, aber dann wurde ihm schwindelig. Er schleppte sich aus dem Auto, schloss die Haustüre auf und sofort wurde er von Amalia empfangen.

„Du siehst blass aus. Was ist los? Bist du krank? Ist dir schlecht?“

„Lass gut sein, Mutter. Es ist nur ein wenig heiß. Mein Kreislauf“

Jacob setzte sich auf den ersten Stuhl und atmete heftig durch. Er meinte, keine Luft mehr zu bekommen. Alles war heiß, war stickig, er sehnte sich nach kühler, nach frischer Luft. Amalia, die nur einen Kittel trug und sonst nichts, nach alter Hausfrauenart, wedelte ihm mit einem Lappen Luft zu, aber als Jacob Anstalten machte sich zu erbrechen, sorgte sie sich ernsthaft.

„Ich rufe einen Arzt, oder noch besser, einen Krankenwagen. Was hast du gemacht? Wo bist du gewesen?“

Und Jacob erzählte es ihr. Erzählte ihr von den kleinen Mädchen, die er beobachtet hatte, erzählte ihr von seiner Einstellung, die er gewonnen hatte, von seinem Entschluss, nie wieder ein Mädchen zu entführen und seine Mutter kam mit einem Fieberthermostat angerannt.

„Du phantasierst. Du redest nicht normal. Das bist nicht DU!“, rief sie, dann klemmte sie ihm das Thermometer unter den Arm.

Jacob bekam immer schlechter Luft, er hatte den Eindruck, es würde immer heißer werden und er sprang auf, das Thermometer fiel herunter und zerplatzte auf dem Boden, Jacob bekam einen Panikanfall. Er wollte nur noch raus hier, wollte nur noch die Kühle, er hätte nun jeden getötet, der ihm in den Weg getreten wäre. Er rannte nach unten in den Keller, wo es angenehmer war, hier herrschte Sommer wie Winter eine Temperatur von einundzwanzig Grad und es kam ihm hier richtig kühl und angenehm vor. Er setzte sich auf das Bett und er fühlte, wie es ihm besser ging. Es dauerte, bis er sich ein wenig beruhigte, aber bald normalisierte sich sein Atem, der Schwindel ging zurück und er konnte wieder seine Hand heben, ohne zu zittern. Was war das gewesen? Was hatte ihn so in Angst, in Panik versetzt? Er dachte nach und sah seine Mutter. Der Gedanke zu seiner Mutter zu fahren, hatte ihm nicht behagt. Dann, als er sie gesehen hatte, in der Kittelschürze, als er sich vorstellte, wie sie nackt darunter war, da hatte es ihn umgehauen. Er konnte es

nicht ertragen. Was war nur mit ihm los? War er tatsächlich krank oder war er einfach nur verrückt?
Jacob stand auf. Er versuchte zu lokalisieren, was er hatte. Der Anfall war gekommen, als er im Auto gesessen hatte. Was war vorher? Die Mädchen. Dann war er gefahren. Die warme Luft im Auto. Der Gedanke nach Hause zu fahren. Nach Hause. Angst. Unwohlsein. Dann die Einfahrt. Seine Mutter. Die Kittelschürze. Angst und eine Mischung aus Ekel und Erregung. Konnte seine Mutter der Grund für seine Panik sein? War sie die Ursache allen Übels? Aber wenn es so wäre, dann … er wagte nicht weiter darüber nachzudenken, zwang sich die Sache so zu sehen wie sie war. Er war Jacob und sie war seine Mutter. Mehr nicht. Sie war gut zu ihm, sie sorgte für ihn. Der Gedanke, nie wieder ein Mädchen zu entführen, NUR noch mit seiner Mutter zusammen zu sein, hatte ihn umgeworfen. Es war vielleicht doch nicht so eine gute Idee gewesen. Mutter hatte wohl doch recht. Er musste es weiter versuchen, musste versuchen, eine perfekte Frau zu finden. Aber er würde nie wieder töten. Das hatte er sich geschworen und das würde er auch beibehalten. Also musste das nächste Kind einfach perfekt sein und wenn er eben so lange suchen würde, bis er sie gefunden hatte. Sie sollte seinem Idealbild schon genügen. Blond, zierlich, hübsch.

Jacob konnte sich nicht mehr erinnern, wie er die folgenden Wochen und Monate verbracht hatte, aber sie vergingen wie in Trance. Er ging seiner Mutter aus dem Weg, er ging seiner Arbeit nach, er beobachtete ab und zu einige Mädchen, aber er tat niemandem etwas. Doch er fühlte sich besser. Er nahm einige Kilogramm zu, er fühlte sich stabiler und dann, eines Tages im Februar 2010, da sah er sie.
Sie war blond, sie war hübsch, sie wirkte zierlich und sie passte so gar nicht in diese Gegend, wo er sie gesehen hatte. Aber er war überzeugt: Diese war es. Wenn sie es nicht war, dann niemand. Er überwältigte sie auch nicht sofort, sondern er folgte ihr. Er sah, wie sie in einem Hochhaus verschwand und zwei Tage später sah er sie wieder, da stand sie an einer Bushaltestelle. Er war sich nun sicher. Sie oder keine.
Er lauerte ihr an einem Parkplatz auf, schlich sich von hinten an sie heran und betäubte sie mit einem Lappen voller Chloroform. Dann fuhr er mit ihr nach Hause. Er legte sie im Keller auf das Bett und er erfreute sich an ihrem Anblick. Seine Mutter war ebenfalls begeistert. Sie war hübsch, sie hatte eine gute Figur und ihr Alter schien ideal zu sein. Dreizehn bis fünfzehn Jahre, so schätzten sie und sobald sie wach war, würden sie mit der Erziehung beginnen. Es sollte das letzte Mädchen sein. Jacob würde sie nicht töten, eher würde er sich selber töten, aber das wussten weder das Mädchen, noch seine Mutter. Als sie wach wurde, sah sie sich irritiert um, dann musterte sie Jacob aus ihren durchdringenden Augen.
„Na, Kleine, wie heißt du denn?“,
fragte Jacob sie und sie sagte, mit einem würgenden Unterton in der Stimme, der vom Chloroform herrühren mochte:
„Chiara. Ich heiße Chiara. Und wer zum Teufel bist du?“

November 2010

Er war ihr hinterhergegangen und hatte auch nur noch Augen für sie. Seine Mutter war Nebensache. Chiara – nur SIE war wichtig. Nur sie war der Grund, warum er überhaupt noch lebte. Chiara. Seine Frau. Er sah, wie sie zum Bett ging, sich hinlegte und an die Decke starrte. Sie wirkte reifer, erwachsener, aber er hatte genug Vertrauen in sie, um sich davon nicht abschrecken zu lassen. Vor ihr hatte er keine Angst. Vor ihr brauchte er sich auch nicht zu verstellen. Sie war SEINE Frau. Er hatte mit ihr geschlafen. Oft sogar. Er kannte jede Stelle ihres Körpers und er war sicher, sie war bereits ein fester Teil von ihm. Ohne sie würde er gar nicht überleben können. Welche Rolle spielte da noch seine Mutter? Sie hatte gesagt, sie würde morgen gehen, wenn Amalia dann noch hier wäre. Was war zu tun?

„Hast du das so gemeint, wie du es gesagt hast?“, fragte er leise und Chiara antwortete, ohne ihn dabei anzusehen:

„Ja. Ja, ich meine es so. Ich kann sie nicht ausstehen. Ich habe mich stets bemüht, freundlich zu sein, aber sie ist eine alte Hexe. Sie wollte mich töten, sie hat getötet und wird weiter morden. Sie ist ein Ungeheuer und sie hat auch DICH vergiftet. Nicht die Frauen waren es, die dich vergiftet haben. SIE war es. Ich denke, es wird Zeit, dass du es mal erfährst. Sie hat nichts Gutes für dich im Sinn, sie hat dich nur hinhalten wollen. Keine Frau hätte ihr je gefallen. Immer wenn es soweit gewesen wäre, hätte sie einen Fehler gefunden und so wäre es immer weiter gegangen, bis sie irgendwann gestorben wäre. Sie ist eine alte, egoistische Mistkuh, die ihren Sohn für sich wollte. Alleine. Sie wollte niemals teilen.“

Nun drehte sie ihr Gesicht zu ihm und sah ihm in die tränennassen Augen.

„Ich weiß, es tut weh, die Wahrheit zu hören, aber ich denke, du weißt es selber schon eine ganze Weile. Du willst es nur nicht wahrhaben. Aber denke nach. Ich werde dich nicht beeinflussen. Denke einfach über meine Worte nach und dann entscheide selber."
Jacob sah sie an. Ihre Worte hatten ihn nicht so sehr getroffen. Sie wirkte so klug, so reif, sie war eine reife Frau, kein Kind, kein Mädchen mehr. Sie war hier, bei ihm, durch ihn, gewachsen und zu einer vollen Blume herangereift. Es war geschafft. SIE war die perfekte Frau. Sein Ziel hatte er erreicht, aber um welchen Preis? Er musste sich entscheiden. Chiara oder seine Mutter. Und sie hatte recht. Nicht Mutter. Amalia war eine Lügnerin, die ihn ständig nur gedemütigt und hingehalten hatte. Sie hatte ihn sogar zum Töten gezwungen. Aber das war nun vorbei. Einmal noch, nur einmal noch würde er töten müssen. Amalia.
Er nickte, dann drehte er sich langsam um und ging nach oben.
Das Leben ist voller Überraschungen. Nicht nur die Umstände ändern sich, auch die Gefühle, die Einstellungen, die man hat, die Meinungen, es ist einfach so, dass sich von einen Tag auf den anderen auch ALLES ändern kann. Die Liebe, das Leben, eben einfach alles. Gestern noch hatte er Mutter geliebt, heute schon hasste er sie. Wie komisch. Er grinste, als er darüber nachdachte, aber nun schoben sich Fakten ineinander wie bei einem Puzzle. Ja, sie war der Grund gewesen, warum er sich müde, krank und unwohl gefühlt hatte. Amalia war der Grund. Sie war es, warum er getötet hatte. Sie war es, die ihn ständig gedemütigt hatte. Sie war es, die ihm den Vater gestohlen hatte, seine Kindheit, sein Leben, seine Selbstsicherheit. Wäre sie nicht gewesen, hätte er ein normales Leben führen können.
Er kam in die Küche und sah sie am Herd stehen. Eine kleine, dicke fette Kugel, die mit einer Bratpfanne am Hantieren war. Sie wirkte wie ein Parasit auf ihn. Sie hinderte die Liebenden daran, hier nackt herumzulaufen und wie im Paradies zu leben. Sie war ein ständiges Hindernis. Eigentlich schon sein ganzes Leben lang. Amalia drehte sich zu ihm herum, verzog mürrisch ihre dünnen, bläulichen Lippen, sagte aber nichts. Jacob nickte ihr nur kurz zu, dann ging er nach draußen. Er ging in die Garage und holte seine Kettensäge. Er überlegte, ob er noch Decken mitnehmen sollte, entschied sich aber dagegen. Saubermachen konnte man später immer noch. Er nahm die Säge am Griff in die linke Hand, dann ging er wieder zurück. Als er in die Küche kam, sah Amalia ihn kurz an, dann starrte sie auf die Kettensäge.
„Willst du endlich in den Keller, um zu Ende zu bringen, was du schon längst hättest tun sollen?", fragte sie und entblößte grausam lächelnd ihre gelben Stummelzähne, aber Jacob antwortete ihr nicht. Er sah sie nur an. Seine Mutter. Sein vielleicht größtes Problem, aber er würde es nun lösen. Alle Probleme ließen sich lösen, man musste es nur entschlossen anpacken. Hatte sie das selber nicht immer gesagt? Er nahm die Säge nun in die andere Hand, zog mit der Linken an der Anreißschnur und laut heulte sie auf. Amalia schien zu begreifen und mit entsetzt aufgerissenen Augen schaute sie ihm in die Augen, leicht den Kopf schüttelnd.

„Nein, du wirst doch nicht deiner eigenen Mutter ... Was hat diese Teufelin nur mit dir gemacht?“
Jacob sagte nichts dazu. Was sollte er auch sagen? Er wollte nicht mit ihr diskutieren, keine Anweisungen von ihr hören, keine Vorhaltungen, er wollte nur das Problem lösen, das es zu lösen galt. Er hob die laufende und kreischende Kettensäge und ging auf sie zu, aber Amalia ließ sich nicht abschlachten wie ein Opferlamm.
Sie nahm die Pfanne, die auf dem Herd stand und schleuderte sie ihm entgegen. Heißes Fett flog ihm ins Gesicht und Jacob schrie voller Schmerz auf, die Kettensäge rutschte ein Stück nach unten, aber er hob sie hoch, das Gesicht verzerrt und ging weiter auf sie zu. Brandblasen blühten nun in seinem Gesicht auf und seine Hände waren rot und wund. Er hob die Kreissäge und Amalia schrie auf. Sie griff zum Messerblock und schleuderte ein großes Messer auf ihn, aber es prallte nutzlos an dem Metall der Säge ab. Amalia griff ein neues Messer aus dem Block, da erreichte sie der kreisende Stahl. Jacob schnitt ihr in die Schulter und sie schrie auf, stach aber mit letzter Kraft der anderen Hand zu. Sie traf Jacob in den Bauch. Er torkelte ein Stück zurück, die Säge schwankte bedrohlich, dann aber kniff er die Lippen zusammen und ging erneut auf die blutende Amalia zu. Er hielt die Säge nun wie ein Schwert vor seinem Körper und nichts würde ihn mehr aufhalten können. Er drückte ihr die kreischende Säge mitten ins Gesicht und das Blut spritzte in der ganzen Küche herum, besudelte ihn, die Wände, die Schränke und sie sackte auf den Boden. Jacob setzte erneut an, trennte den zerfetzten Kopf von ihrem Rumpf, dann schnitt er Arme und Beine ab. Er wunderte sich, warum er kaum Luft bekam. Fast wie damals, aber irgendwie war es anders. Nun war ihm kalt. Er fror. Und er hatte so viel Flüssigkeit im Mund. Er spuckte aus, es war rot, wie alles hier rot war. Die ganze Küche war rot. Er sah das Messer in seinem Bauch und er war traurig. Er wollte doch zu Chiara. Er MUSSTE zu ihr gelangen. Sie sollten doch ewig zusammen bleiben. Mit letzter Kraft sägte er Amalia noch die Beine vom Rumpf, dann ließ er die Säge fallen, der Motor erstarb und es wurde ruhig im Raum. Er sah sich um. Es sah aus wie in einem Schlachthaus. Noch nie hatte er solch eine Sauerei gemacht. Die Mädchen, die er sonst zersägt hatte, waren vorher alle tot gewesen, seine Mutter nicht. Sie machte selbst beim Sterben noch Schwierigkeiten, aber nun war es vorbei. Das da unten auf dem Boden, diese blutenden Einzelteile, das war nicht mehr seine Mutter. Sie war weg. Sie war bei ihm eingezogen. Sie lebte nun in ihm. Aber da war das Messer und da waren die vielen anderen Mädchen. Sie konnten nun hinaus. Sie konnten fliehen. Durch die Wunde in seinem Bauch und er war froh darum. Nun konnten sie ihn nicht mehr quälten, verlachen, foltern. Sie waren frei. Jacob setzte sich auf den Stuhl und sah zu, wie die Mädchen alle aus seinem Innern kamen, mit dem Blut, sie befreiten sich und zogen fort. Seine Mutter war in ihm gefangen, für immer und nun fühlte er, wie die Tränen bei ihm liefen. Nicht wegen Amalia. Er wusste, dass er Chiara nicht mehr wiedersehen würde. Er wusste, dass er sterben würde, er wusste, dass er verloren hatte. Was würde sie machen? Wäre sie traurig? Würde sie sein Kind empfangen und an ihn denken?

Das Kind würde – wie er – ohne Vater aufwachsen müssen. Er hoffte, sie wäre eine bessere Mutter als Amalia.
Jacob fror und er war entsetzlich müde. Er rutschte vom Stuhl und fiel auf den Boden, aber das fühlte er nicht mehr. Er war in Gedanken bei Chiara. Er war mit ihr in der Küche, nackt, sie lachten, sie liebten sich. Er war mit ihr im Garten, sie liefen nackt durch das Gras und lachten. Sie waren so glücklich. Er war bei ihr. Endlich. Er hatte also doch noch die perfekte Frau gefunden. Auch wenn der Preis hoch war, aber alles was gut war, hatte doch einen hohen Preis. Auch das wusste er von seiner Mutter. Was nichts kostet, das taugt auch nicht … das hatte sie immer gesagt. Und sein Ziel hier, das hatte ihn das Leben gekostet. Und das seiner Mutter. Wenn das kein hoher Preis war. Er lächelte bei dem Gedanken. Er wusste, dass Chiara eine gute Mutter sein würde. Wenn sie überhaupt schwanger geworden war. Wenn nicht, dann war eben alles umsonst gewesen. Aber die Mädchen waren frei. Sie waren endlich aus seinem Innern verschwunden. Sie waren nun endlich weg. Er war allein. Mit seiner Mutter. Wieder einmal. Sie war in ihm und würde nie weggehen. Sie würde mit ihm untergehen. Diese kleine dicke hässliche Wachtel. Aber sie würde ihn nie wieder quälen. Sie würden beide in der Hölle in guter Gesellschaft sein.
Jacob sah Chiara nicht mehr, die völlig unter Schock in der Türe stand und das Blutbad ansah. Er sah nicht mehr, wie sie ohnmächtig wurde, er sah nichts mehr, Jacob war tot.

ENDE

Danksagungen:

Diesmal komme ich nicht umhin, ein paar Sätze als Dank anzubringen. Es gab Augenblicke, da wollte ich nicht mehr schreiben, wollte einfach aufhören. Momente, in denen ich einfach keine Lust mehr hatte, keinen Sinn mehr sah. Aufgeholfen haben mir dann doch einige liebe Menschen, denen ich viel verdanke.
Meine Brieffreundin Manon! Ganz lieben Dank, auch für deinen wundervollen Kontakt zu deiner Tochter, deine unzähligen Mails, deine aufbauenden Worte und deine unnachahmlichen Lebenshilfen.
Nadine, du bist nicht nur meine Lektorin, du bist Helferin und Freundin. Was täte ich nur ohne dich? Ich habe ein schlechtes Gewissen, bin aber sicher, dass ich mich irgendwann mal richtig revanchieren kann.

Mein Bruder Roland, der mir in einigen Gesprächen viel Lebensmut und Kraft gab, ohne ihn hätte ich wohl auch „das Handtuch geworfen“.
Und nun könnte ich meine Familie nennen, meine Kinder, andere Personen, die vielleicht genauso wichtig waren, aber einfach oft genug genannt wurden. Daher belasse ich es dabei und sage einfach an alle nochmals ganz laut DANKE.

22164574R00063

Printed in Poland
by Amazon Fulfillment
Poland Sp. z o.o., Wrocław